正韓食在地點餐全圖解

全MP3一次下載

http://www.booknews.com.tw/mp3/9786269756582.htm

全 MP3 一次下載為 zip 壓縮檔，
部分智慧型手機需安裝解壓縮程式方可開啟，iOS 系統請升級至 iOS 13 以上。
此為大型檔案，建議使用 WIFI 連線下載，以免占用流量，並確認連線狀況，以利下載順暢。

前言

머리말

大家好！自 2015 年起首次踏上韓國這塊土地，正式開始我的語學堂正規課程，沒想到學習韓語竟是條不歸路，語學堂畢業後曾任職韓商及港商遊戲公司負責韓語相關工作，為了增進韓語能力，申請打工度假簽證重回韓國，邊打工邊申請研究所，非常幸運可以獲得兩年全額獎學金。在不愁學費的情況下，課業固然重要，但我認為在韓國生活的時光非常寶貴，因而求學期間參與各式各樣的課外活動，並在個人社群平台上分享韓國大小事，研究所畢業後也非常幸運順利進入韓國職場。到現在仍是過著不安分的生活，除了平日在公司上班外，閒暇之餘仍積極參與各式活動，並精進各種技能。

本書 Part2 的必備點餐用語一次搞定，有別於正規韓語學習書，僅站在讀者的角度撰寫身為客人在餐廳內常用的表現，因此沒有將店家老闆或店員常說的話也納入內容。

實際與韓國人對話時，其實並不需要使用高級文法以及多餘的單字，只要可以達到溝通的目的即可。我認為學習韓語的最終目標，就是可以說話像韓國人，說一口道地的韓語。故本書所有對話內容，為了讓讀者達到近似韓國人的說話方式，對話會省略部分助詞用法，讓交談更自然、更生活化。

希望這本書除了可以讓讀者認識更多韓國的美食之外，還可以讓大家講出來的韓語更像道地的韓國人！儘管多數人韓語能力再好，仍無法達到韓國人的標準。但我們可以朝著「像」一個韓國人的方向努力！

三線拖男孩

潘慶溢

推薦序
추천글

Alina 愛琳娜

認識三線拖男孩是因為濟州島，雖然未曾見面，但鄰家男孩個性的他讓人感覺親切。雖說我都已經到韓國自由行玩了好多年，但至今仍然不會韓文，到韓國當地餐廳吃飯時，都是用圖片配比手畫腳來點餐。看到男孩出了這本可稱作是「韓食點餐教戰手冊」的書，真心太實用！非常適合跟我一樣不會韓文又喜歡吃當地各種美食的吃貨們，玩的開心、吃得輕鬆！

Listen to LU 旅食光

這是本無論能讀韓文與否，都可以獲得豐富資訊的實用工具書！常駐南韓生活的三線拖以圖文並茂與深入淺出的說明，帶領讀者認識韓國飲食及餐桌文化。在一頓飯裡，吃在地私房美食的同時也能夠拓展人文視野。真要說晚上翻閱這本書的最大缺點，就是會忍不住吞了好多次口水啊！

V 歐妮／旅遊部落客

「怎麼可能這年頭還有這麼認真、完整的作品？」身為旅遊部落客，也曾經嘔心瀝血出版旅遊書的我，看到三線拖男孩這本作品的直覺反應，實在太用心！從韓國日常飲食文化、節慶餐食，到每種類型餐廳的店家推薦、菜單整理跟在地人才知道的小祕訣，讓看不懂韓文的旅客能無憂跟著吃喝，讓正在學習韓文的朋友們，獲得更多日常韓文用語的單字、詞句，來回數次的翻閱也不厭倦啊！

太咪／《太咪瘋韓國》粉絲團

　　這本《正韓食在地點餐全圖解》跟大家平常想的餐廳介紹很不一樣，除了餐廳跟菜單之外，還分享了很多韓國的飲食文化，以及要『怎麼吃』這些食物。很多書單純是告訴你哪間店好吃、什麼菜單好吃，但當你跟著到了餐廳之後，卻不知道怎麼吃這些東西。這本書就像一個老師一樣，讓你在韓國吃東西更自在、更道地，還可以順便學很多韓文唷！

咖永

　　相信只要對韓國稍微有些了解的朋友，都能輕鬆說出幾個台韓飲食文化差異點，例如韓國喜歡搭配冷小菜，台灣喜歡熱炒菜，韓國餐廳一律提供冰水，台灣則偏愛常溫水或熱茶。但有沒有想過，我們知道的這些只是冰山一角呢？雖然台灣韓國相隔不遠，可在飲食文化上卻非常不同，想要快速地了解全貌，還是需要一位韓國通來指引。這本書，正是我們需要的韓國通！

　　從歷史文化到現代禮儀，從實用技能到必備句型，餐廳介紹也是滿滿地從正餐到甜點，所有一切都全方位幫我們設想好，帶上一本，就可以馬上出發前往探索韓國美食世界。另外，書裡介紹的店家皆為作者親自踏訪，隨著作者的文字，感受當地風情也是讀本書的一大樂趣唷！

阿侖 Alun

　　現在大家去韓國都會先考慮自由行，可以選自己想去的地方，可以更深度體驗韓國的文化。這本《正韓食在地點餐全圖解》突破以往的韓國旅遊書，從美食出發，帶大家了解韓國人真正喜歡的美食是什麼，也搭上最近旅遊風氣。以前是風景派，最近則是美食打卡派。來韓國大家更關心有沒有吃到三層肉、有沒有吃到韓式炸雞等等，吃美食才是旅遊的重點啊。這本書有很多韓國人必吃的美食清單，如果你也是想吃到正統韓國道地美食，而不是觀光客那種的話，這本書非常適合你。

索尼客／韓國旅遊達人

相信不少人來韓國旅遊，除了追星、購物之外，美食也是許多人選擇到韓國旅遊的一大誘因。但除了那幾個觀光名店，當地其實還有很多值得品嚐看看的街邊美食！本書是一本韓國美食大全，是一本收錄菜單、用餐禮儀及點餐韓文等內容的實用工具書。即便你對韓文一竅不通，透過此書也可以吃遍韓國大街小巷，溝通無障礙！讓我們一起透過韓國美食再次認識不一樣的韓國吧！

楊書維／國立台北商業大學應用外語系講師

本書的特點在於非常詳細介紹韓國飲食文化相關的單詞、知識以及對話。尤其在食物單詞的介紹上，詳盡列出在韓國餐廳時真正會遇到的實用單字(像是：통우럭매운탕)。於文化的介紹上，也常常帶入相關的歷史，以滿足學習者們的好奇心。除此之外，作者還非常用心地調查了韓國的道地美食餐廳，還有在韓國時會常常用到的 APP 教學，讓大家在韓國旅行時可以更加順心。

使用說明

사용 가이드

飲食文化與用餐禮儀
PART 1
001.mp3

1-1 韓國人的飲食文化

韓國的飲食習慣普遍以米食為主食，大多數的韓國人認為，從早餐到晚餐都必須吃「飯」。若一早沒有吃到白飯，就會有種空虛、渾身無力的感覺。因此，在韓國有句韓文叫「삼시세끼〔sam-si-se-kki〕」，代表每天都必須按時吃三餐。甚至連韓國超夯綜藝節目都以「一日三餐」命名。由此可知，韓國是多麼注重吃飯這件事情。此外，韓國人吃飯還有搭配各式반찬〔ban-chan；小菜〕的習慣。常見的家常小菜有김치〔kim-chi；辛奇〕、시금치나물〔si-geum-chi-na-mul；涼拌菠菜〕、깻잎장아찌〔kkaen-nip-jjang-a-jji；醃漬芝麻葉〕、콩나물무침〔kong-na-mul-mu-chim；涼拌豆芽菜〕等。特別是每年冬天，很多韓國家庭會醃漬김장〔kim-jang；過冬的辛奇〕。

1. 了解飲食文化

閱讀文章了解台韓兩邊的飲食文化與用餐禮儀。這邊的 QR 碼提供的是文章中單字的 MP3 音檔。

2. 肉品怎麼說？

教大家牛、豬、雞各部位的肉品韓文怎麼說，掃 QR 碼即可聆聽單字 MP3 音檔。

使用 Naver 地圖，保證絕不迷路！
PART 2-2
007.mp3

大家來韓國旅遊找景點、找餐廳的時候，是不是常因找不到路而浪費很多時間呢？在台灣，大家可能習慣用 Google 地圖來找路，但在韓國非常不推薦使用 Google 地圖，主要原因是韓國人真的很少在用它之外，其資訊的更新速度也會很慢。因此，建議大家使用네이버 지도〔ne-i-beo ji-do；Naver 地圖〕，大家可以在 Play Store 或 App Stroe 內下載네이버 지도這款 App。使用這款 App 的前提是要有初級韓語的程度。須熟悉韓文鍵盤，輸入韓文後並搜尋正確位置。那麼，就讓我來告訴大家 Naver 地圖的使用方法吧！

3. 路痴不要怕

一步步教你怎麼用 NAVER 地圖導航，雖然書上建議大家至少要有韓語初級程度才有辦法使用 NAVER 地圖，但 NAVER 地圖有簡體中文介面，如果真的不會韓文，也可使用簡體中文進行導航。

必備點餐用語一次搞定！
PART 2-3
008.mp3
인사편 [in-sa-pyeon] 問候篇
안녕하세요！ [an-nyeong-ha-se-yo] 您好！
안녕하십니까? [an-nyeong-ha-sim-ni-kka] 您好？
감사합니다. [gam-sa-ham-ni-da] 謝謝。
안녕히 계세요. [an-nyeong-hi gye-se-yo] 再見。
다음에 또 올게요. [da-eu-me tto ol-kke-yo] 下次會再來。
번창하세요. [beon-chang-ha-se-yo] 生意興隆。

4. 練習說說看

收錄點餐到結帳最常用的簡單表現。

蔘雞湯
삼계탕
聊聊美食的五四三
059.mp3
삼계탕〔sam-gye-tang：蔘雞湯〕是韓國傳統道地美食之一，也是一道可以輕鬆在家完成的料理。烹飪時只要在整隻雞腹中塞入찹쌀〔chap-ssal：糯米〕，搭配대추〔dae-chu：紅棗〕、생강〔saeng-gang：生薑〕、마늘〔ma-neul：大蒜〕及인삼〔in-sam：人蔘〕一起經長時間燉煮即可完成這道傳統韓式料理。
每當寒流來襲或氣溫驟降時，台灣人通常會吃薑母鴨、羊肉爐、燒酒雞、麻油雞等美食進補。相反的，韓國人會選擇在一年當中最炎熱的三天吃蔘雞湯進補，這三天分別是초복〔cho-bok：初伏〕、중복〔jung-bok：中伏〕、말복〔mal-bok：末伏〕。韓國人深信，在一年當中最炎熱的這三天吃蔘雞湯，可以將體內不好的東西隨著汗水一起排出，這種「以熱治熱」的作法，可以有效驅趕體內所有寒氣。

5. 在地美食介紹

PART 3 精選 17 家在地美食介紹給大家。

- **聊聊美食的五四三**
  可以深入瞭解與該單元有關的文化相關知識。同樣的，右上角的 QR 碼提供文章中單字 MP3 音檔。

- **推薦！**
  這部分是作者主推的店家，也就是該單元的主角。透過閱讀文章可以更了解這是一家什麼樣的店，也可以學學韓語單字。

- **菜單**
  會依照店家實際菜單提供韓語跟中文翻譯。如果是連鎖店，實際造訪時各家分店的菜單可能會有些許差異。

- **實戰對話**
  提供給韓語初級程度以上的讀者學習韓語使用，這邊呈現的韓語句子以口語為主，會省略許多助詞。

- **小知識**
  除了會有作者分享吃法之外，有些單元還會額外提供補充單字，絕對是平常看得見，但大家很少會去思考韓文怎麼說的新字彙。

- **換句話說**
  讓大家練習用不同的句子表達相近意思，是很實用的會話練習。

- **當地人推薦的美味店家**
  PART 3 每個單元最後都會提供店家的詳細資訊，若有官網或 IG 也會附上 QR 碼。

目 錄

목차

START

PART 1

飲食文化與用餐禮儀

PART 2

超實用必學生活技能

Contents | 目錄

PART 3

饕客必吃在地私房美食

PART 1

飲食文化與用餐禮儀

飲食文化與用餐禮儀
PART 1

001.mp3

1-1 韓國人的飲食文化

韓國的飲食習慣普遍以米食為主食，大多數的韓國人認為，從早餐到晚餐都必須吃「飯」。若一早沒有吃到白飯，就會有種空虛、渾身無力的感覺。因此，在韓國有句韓文叫「**삼시세끼**〔sam-si-se-kki〕」，代表每天都必須按時吃三餐。甚至連韓國超夯綜藝節目都以「一日三餐」命名。由此可知，韓國是多麼注重吃飯這件事情。此外，韓國人吃飯還有搭配各式**반찬**〔ban-chan；小菜〕的習慣。常見的家常小菜有**김치**〔kim-chi；辛奇〕、**시금치나물**〔si-geum-chi-na-mul；涼拌菠菜〕、**깻잎장아찌**〔kkaen-nip-jjang-a-jji；醃漬芝麻葉〕、**콩나물무침**〔kong-na-mul-mu-chim；涼拌豆芽菜〕等。特別是每年冬天，很多韓國家庭會醃漬**김장**〔kim-jang；過冬的辛奇〕。

韓國上班族有一個特別的飯後小習慣，就是會和同事一起買杯咖啡、飲料邊喝邊聊天。下班後的**회식**〔hwe-sik；聚餐〕是讓所有上班族感到困擾且無法婉拒的一件事。雖然名義上是部門聚餐，實質卻是喝酒交際應酬。通常聚餐都會喝到很晚、很醉，隔天卻依然要正常出勤工作，所以隔天中午的時候，就會特別去吃**해장국**〔hae-jang-guk；醒酒湯〕、**매운 콩나물국**〔mae-un kong-na-mul-guk；辣豆芽湯〕等解宿醉神物。

另外，韓國人通常會在特殊節日當天享用特定美食。例如元旦當天會一起吃**떡국**〔ttok-kkuk；年糕湯〕迎接新年的到來、農曆正月十五當天會吃春天當季新鮮的**봄나물**〔bom-na-mul；春野菜〕、在一整年最熱的三伏日當天會來碗熱騰騰

的삼계탕〔sam-gye-tang；蔘雞湯〕。韓國人深信這種『以熱治熱』的作法，可以有效驅趕體內的所有寒氣。中秋節當天會一起吃송편〔song-pyeon；松餅〕，有句話說孕婦若能製作出好看的松餅，就可以生出漂亮的女兒。冬至的來臨意味著一年又將近尾聲，當天就會吃上一碗熱呼呼的팥죽〔pat-jjuk；紅豆粥〕暖心又暖胃。

1-2 台韓飲食文化大不同

002.mp3

韓國早餐 vs. 台灣早餐

雖然台灣的飲食文化也是以米食為主食，但相較於韓國從早餐就開始吃白飯、大醬湯等較重口味的正餐，台灣人對早餐的選擇就非常多。有些台灣人早餐會以흰죽〔hin-juk；清粥〕為主，搭配有清粥八寶之稱的肉鬆、蔭瓜、辣筍、麵筋、豆腐乳、鹹蛋、鰻魚罐、海底雞一起食用。除此之外，也有不少人會把면류〔myeol-ryu；麵食〕當成第二主食，如黑胡椒麵、宮保雞丁麵等。但大多數台灣人還是習慣到早餐店購買蛋餅、漢堡及吐司等，然後再搭配一杯飲料。長久觀察下來，發現韓國人習慣在家吃完早餐後才出門，但台灣人則是習慣買完早餐到公司或學校再吃。

韓國料理 vs. 台灣料理

韓國料理多半會加入辣椒粉、辣椒醬等調味料，因此多數韓國美食都是紅通通的，光看就覺得辣度極高。許多剛來韓國的留學生吃不慣，都得特地找不辣的食物來吃。但其實韓國料理的辣略帶點甜，慢慢嘗試後就會逐漸習慣，甚至征服韓國的辣。反觀台灣料理，烹飪方式非常多樣化，多數料理加入食用油大火快炒並撒上대만식 향신료〔dae-man-sik hyang-sin-nyo；台式香料〕，口味偏重鹹。以近年來的健康理念來看，韓國飲食其實是很健康的。韓國飲食比較注重食物本身的原味，不會添加過多調味料，料理使用的油也少。像是雪濃湯、蔘雞湯等湯料理，基本上烹調時不會添加調味料，完整保留食材原本的鮮甜。鹽巴更是等料理上桌後由客人依照自己的口味自行添加。但在台灣，所有料理都是調味過後才會端上桌，跟韓國完全不同。

韓國飲品 vs. 台灣飲品

韓國四處可見各品牌커피숍〔keo-pi-syop；咖啡廳〕的蹤影，走沒幾步路就能

看見下一家咖啡廳。可以說，韓國人對咖啡的熱愛程度，就像台灣人熱愛手搖飲及茶類一樣。而韓國本地的버블티 프랜차이즈〔beo-beul-ti peu-raen-cha-i-jeu；手搖飲連鎖店〕屈指可數，至今仍以공차〔gong-cha；貢茶〕一家獨大。不過，韓國人喜新厭舊的速度飛快，譬如前陣子風靡全韓國的흑당버블티〔heuk-ttang-beo-beul-ti；黑糖珍奶〕，僅僅幾個月熱潮就默默淡去。在韓國本地，咖啡依舊穩坐飲料排行榜龍頭寶座。反觀台灣，近年來台灣的咖啡廳數量有逐漸增加的趨勢，但台灣人仍較偏愛手搖飲及茶類。

1-3 韓國人的用餐禮儀

003.mp3

韓國人的用餐禮儀可是非常講究的，這常讓剛來到韓國居住的外國人受到不小的文化衝擊。不過，既然要來到韓國居住，就不免俗要入境隨俗一下。那麼，韓國的用餐禮儀究竟有哪些呢？

首先，與長輩一同用餐時，晚輩應主動將餐具及水杯擺放好。倒水給長輩時必須用雙手。「長尊幼卑」是深根地固在每位韓國人心中的傳統觀念，須等長輩先動筷之後才可以開動，且開動前通常會說「잘 먹겠습니다〔jal meok-kket-sseum-ni-da；我要開動了〕」，吃飽後必須說「잘 먹었습니다〔jal meo-geot-sseum-ni-da；謝謝招待〕」。除此之外，晚輩應隨時注意長輩的酒杯是否需要斟酒，千萬不能讓長輩的酒杯空在那裡。喝酒時，晚輩必須側身飲酒以示尊重。當長輩替自己倒酒時，也須以雙手端著杯子接酒。

此外，在韓國還有一些比較細的用餐禮節。以前吃飯不能把碗端起來，必須把碗放在桌上。因為韓國人認為只有乞丐才會端著碗吃飯，一個受過良好教育的人應將碗擺在桌上，以湯匙或筷子就口。可是飯桌那麼矮，彎著身體吃飯又不好看，要怎麼做才能吃得優雅又不為難自己？據說這也是韓國的湯匙跟筷子比較長的原因之一，為了讓人用餐時可以縮短碗盤跟嘴巴之間的距離，不過現今很多韓國人會把碗端起來吃飯了。而且在韓國用餐禮儀中，筷子只用來夾小菜，吃飯、喝湯都使用湯匙。當筷子跟湯匙擺在桌上時，湯匙的凹面應朝上不可朝下，朝下是祭拜往生者的擺法。與台灣一樣，切記千萬不可把筷子或湯匙插在飯上，因為這也是祭拜往生者的擺法，非常沒禮貌。除了不能邊吃邊說話外，也不能邊吃邊擤鼻涕。假如用餐時真的不小心流鼻涕，請記得務必要側身擤鼻涕，不然就得離開餐桌去洗手間擤鼻涕。因為當著別人的面擤鼻涕除了不雅觀之外，也有衛生疑慮。最後，用餐完畢必須將餐具整齊擺放好，若長輩尚未用完餐，也不能擅自離開座位。

1-4 台韓用餐禮儀大不同

首先，與韓國相同，台灣也很重視「長尊幼卑」這個傳統觀念。遇到長輩一定要先問候，一起用餐時也是必須先等長輩動筷之後才能開動。若一起用餐，在非不得已的情況下最好不要提前離席，若要提前離席也應先向長輩稟報，取得同意後再默默離開。同時，台灣也非常忌諱將筷子或湯匙直接插在飯上。因為這樣做會聯想到祭祀，只有祭拜往生者時才會將香插在飯上。

跟韓國不一樣的地方是在台灣吃飯應以碗就口。在台灣人眼裡，吃飯時扒在桌子上是乞丐的行為。吃飯時，筷子是用來夾菜、吃飯的，湯匙只能用來喝湯。台韓在用餐禮儀上最大的不同是「公筷母匙」。韓國人吃飯時都會用自己的筷子去夾主菜及小菜，甚至直接用自己的湯匙去舀湯來喝，這在台灣人眼中是件非常不可思議的事情。然而對強調「我們」為一體的韓國人來說，這樣的行為反而有不分你我，大家感情好的涵義在裡頭。除此之外，韓國餐點擺放的位置也是有講究的。大家如果來韓國旅遊可以仔細觀察，餐點上桌時，一定是飯在左、湯在右。因為飯在右、湯在左是給往生者享用的擺法，可是台灣飯桌上沒有硬性規定湯跟飯的擺放位置。還有，台灣人在喝酒的時候，沒有晚輩必須側身飲酒的規矩，但接酒時同樣須以雙手來接以表示尊重。這樣看下來，是不是覺得同樣受到儒家文化影響，但兩邊的文化差異還是很鮮明呢？

還有一個有趣的現象，如果在韓國生活，你會發現不管是大餐廳還是小餐館，雖然在店內可以看到飲水機，但店員總是會主動提供一壺冰水給客人飲用。儘管外頭天氣寒冷，店員依然提供冰水給客人飲用。就連到韓國人家中用餐，他們準備的水也幾乎是冰水。反之，台灣的餐廳比較難看到飲水機，且提供的開水不一定都是冰水，也可能是冷水、溫水或熱茶。尤其受到中醫保健的影響，台灣女生普遍會選擇冷水、溫水或熱水，生理期期間更會避免喝冰水或食用冰涼的食物。但在韓國，很多女生即便生理期來照樣吃冰。有個說法是韓國料理普遍是辣的跟燙的，為了可以在用餐時緩和辣與燙的不適，所以韓國餐廳提供的水一律都是冰水。

PART 2

生活技能 超實用必學

一次學完各部位韓文說法！

PART 2-1

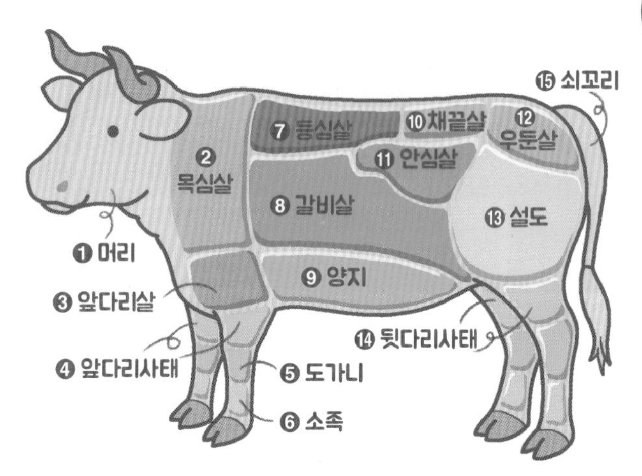

004.mp3

❶	❷	❸	❹	❺
머리	목심살	앞다리살	앞다리사태	도가니
頭	肩胛肉	前腿肉	前腿牛膝窩	牛膝
[meo-ri]	[mok-sim-sal]	[ap-da-li-sal]	[ap-tta-ri-sa-tae]	[do-ga-ni]
❻	❼	❽	❾	❿
소족	등심살	갈비살	양지	채끝살
牛蹄	里脊肉	排骨肉	牛胸	外脊肉
[so-jok]	[deung-sim-sal]	[gal-bi-sal]	[yang-ji]	[chae-kkeut-ssal]
⓫	⓬	⓭	⓮	⓯
안심살	우둔살	설도	뒷다리사태	쇠꼬리
腰內肉	牛臀肉	底部圓腿肉	後腿牛膝窩	牛尾巴
[an-sim-sal]	[u-dun-sal]	[seol-do]	[dwit-tta-ri-sa-tae]	[swe-kko-ri]

주의！

韓國當地人才知道的事

牛肉海帶湯被韓國人公認為產後絕佳補品。

豬（돼지）

005.mp3

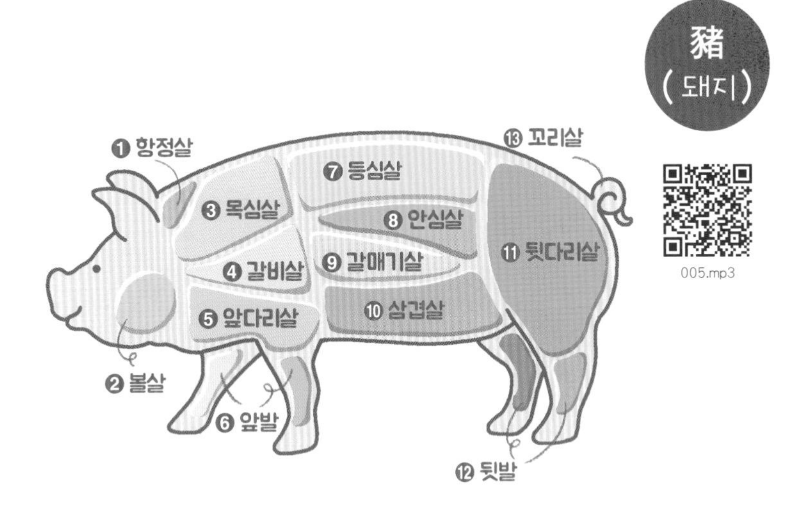

❶	❷	❸	❹	❺
항정살 豬頸肉 [hang-jeong-sal]	볼살 豬頰肉 [bol-sal]	목심살 肩胛肉（梅花肉） [mok-sim-sal]	갈비살 排骨肉 [gal-bi-sal]	앞다리살 前腿肉 [ap-da-li-sal]

❻	❼	❽	❾	❿
앞발 前蹄 [ap-ppal]	등심살 里肌肉 [deung-sim-sal]	안심살 腰內肉 [an-sim-sal]	갈매기살 護心肉／豬排肉 [gal-mae-gi-sal]	삼겹살 腹脅肉（五花肉） [sam-gyeop-sal]

⓫	⓬	⓭
뒷다리살 後腿肉 [dwit-tta-ri-sal]	뒷발 後蹄 [dwit-ppal]	꼬리살 尾巴肉 [kko-ri-sal]

＼ 주의！／

韓國當地人才知道的事

在韓國通常豬前蹄的價格會比豬後蹄昂貴一些。

006.mp3

❶
목
脖子
[mok]

❷
닭가슴살
雞胸肉
[dak-kka-seum-sal]

❸
날개
雞翅
[nal-gae]

❹
닭다리
雞腿
[dak-tta-ri]

❺
닭다리살
雞腿肉
[dak-tta-ri-sal]

❻
꼬리
屁股
[kko-ri]

❼
닭발
雞爪
[dak-ppal]

＼ 주의！／

韓國當地人才知道的事

韓國人通常不會吃雞心、雞肝、雞胗等部位。

使用 Naver 地圖，保證絕不迷路！

PART 2-2

007.mp3

大家來韓國旅遊找景點、找餐廳的時候，是不是常因找不到路而浪費很多時間呢？在台灣，大家可能習慣用 Google 地圖來找路，但在韓國非常不推薦使用 Google 地圖，主要原因是韓國人真的很少在用它之外，其資訊的更新速度也會很慢。因此，建議大家使用**네이버 지도**〔ne-i-beo ji-do；Naver 地圖〕，大家可以在 Play Store 或 App Stroe 內下載네이버 지도這款 App。使用這款 App 的前提是要有初級韓語的程度。須熟悉韓文鍵盤，輸入韓文後並搜尋正確位置。那麼，就讓我來告訴大家 Naver 地圖的使用方法吧！

1. 到 Play Store 或 App Store 搜尋 네이버 지도。

2. 下載네이버 지도後並開啟 App。

3. 輸入景點的韓文、店家韓文或韓文地址。

4. 選擇正確的位置。

5. 按下抵達〔도착 (do-chak)〕

6. 按下路徑預覽〔경로 미리보기 (gyong-no mi-ri-bo-gi)〕

7. 依照路線步行即可輕鬆抵達目的地。

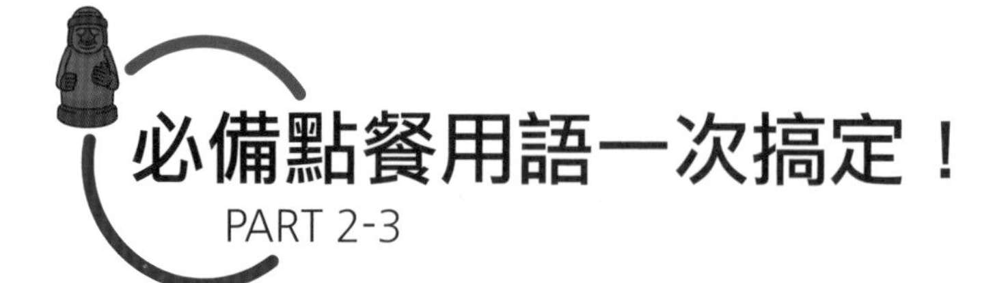

必備點餐用語一次搞定！

PART 2-3

008.mp3

인사편 [in-sa-pyeon] 問候篇

안녕하세요！ [an-nyeong-ha-se-yo] 您好！

안녕하십니까？ [an-nyeong-ha-sim-ni-kka] 您好？

감사합니다 . [gam-sa-ham-ni-da] 謝謝。

안녕히 계세요 . [an-nyeong-hi gye-se-yo] 再見。

다음에 또 올게요 . [da-eu-me tto ol-kke-yo] 下次會再來。

번창하세요 . [beon-chang-ha-se-yo] 生意興隆。

주문편 [ju-mun-pyeon] 點餐篇

저기요 . [jeo-gi-yo] 打擾一下。

사장님！ [sa-jang-nim] 老闆！

이모！ [i-mo] 姨母！

주문할게요 . [ju-mun-hal-kke-yo] 我要點餐。

주문이요 . [ju-mu-ni-yo] 我要點餐。

메뉴판이 있어요？ [me-nyu-pa-ni i-sseo-yo] 有菜單嗎？

OO 주세요 . [OO ju-se-yo] 請給我 OO。／我要ＯＯ。／我要買ＯＯ。

요청편 [yo-chong-pyeon] 請求篇

리필 되나요？ [ri-pil dwe-na-yo] 可以續嗎？

반찬 좀 더 주세요 . [ban-chan jom deo ju-se-yo] 請再給我一點小菜。

물 좀 주세요 . [mul jom ju-se-yo] 請給我水。

물티슈 있나요? [mul-ti-syu in-na-yo] 有濕紙巾嗎？

접시 하나 더 주세요 . [jeop-ssi ha-na deo ju-se-yo] 請多給我一個碟子。

계산편 [gye-san-pyeon] 結帳篇

계산할게요 . [gye-san-hal-kke-yo] 我要結帳。

계산하겠습니다 . [gye-san-ha-get-sseum-ni-da] 我要結帳。

얼마예요？ [eol-ma-e-yo] 多少錢？

신용카드 되나요? [sin-yong-ka-deu dwe-na-yo] 可以刷卡嗎？

영수증 주세요 . [yeong-su-jeung ju-se-yo] 請給我收據。

영수증 버려 주세요 . [yeong-su-jeung beo-ryeo ju-se-yo] 請把收據丟掉。

PART 3-1

辣炒年糕 떡볶이

辣炒年糕

떡볶이

009.mp3

聊聊美食的五四三

只要說到韓國的國民路邊美食，大家第一個直覺肯定會聯想到**떡볶이**〔tteok-bo-kki；辣炒年糕〕。辣炒年糕這項國民美食可說是隨處可見，不僅可以在路邊看到販售辣炒年糕的小攤販，也可以看到許多辣炒年糕專賣店。

辣炒年糕小攤販通常不會僅販售辣炒年糕這項小吃，通常還會一併販售其他各式韓國**길거리 음식**〔gil-geo-ri eum-sik；路邊小吃〕。像是口感 Q 彈卻不軟爛的**어묵**〔eo-muk；魚板〕，現炸各式**튀김**〔twi-gim；炸物〕通常包括**오징어튀김**〔o-jing-eo-twi-gim；炸魷魚〕、**깻잎튀김**〔kkaen-nip-twi-gim；炸芝麻葉〕、**김말이튀김**〔gim-ma-li-twi-gim；炸海苔捲〕、**고구마튀김**〔go-gu-ma-twi-gim；炸地瓜片〕、**새우튀김**〔sae-u-twi-gim；炸蝦〕等可以選擇，還有令所有觀光客感到畏懼的**순대**〔sun-dae；豬血腸〕。站在小攤販前食用小吃的畫面也是韓國最具特色的風貌。

죠스떡볶이〔jyo-seu-tteok-bo-kki；鯊魚辣炒年糕〕是韓國人人皆知的知名連鎖辣炒年糕專賣店，除了販售更多樣化的小吃外，還可以在店內慢慢享用美食。不僅如此，在韓國傳統市場內通常都隱藏著當地人才知道的老字號辣炒年糕店。

推薦！青年茶房（청년다방）

在擁有數萬間大大小小辣炒年糕店的韓國，我將一一解密強力推薦「青年茶房」的幾大原因。有別於一般的辣炒年糕攤販或專賣店都是將辣炒年糕事先料理好持續加熱，青年茶房主打見單現做，讓大家可以享用到最新鮮的辣炒年糕。青年茶房的獨創性菜單是廣受年輕族群歡迎的主要原因，辣炒年糕鍋菜單不斷推陳出新，抓住大家的味蕾並維持大家的新鮮感。最特別的是青年茶房除了是辣炒年糕專賣店外，店內還有販售各式咖啡及飲料，讓顧客達到雙倍的滿足及幸福感。青年茶房的據點不僅遍及全韓國，餐廳門市更多達 400 間，目前正雄心勃勃積極進軍海外市場。

菜單
(메뉴)

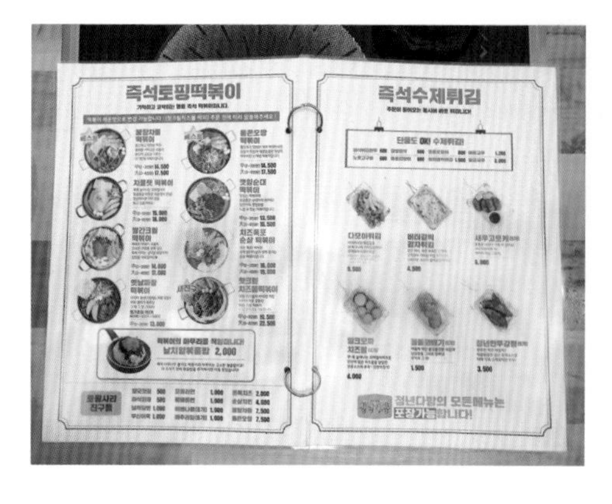

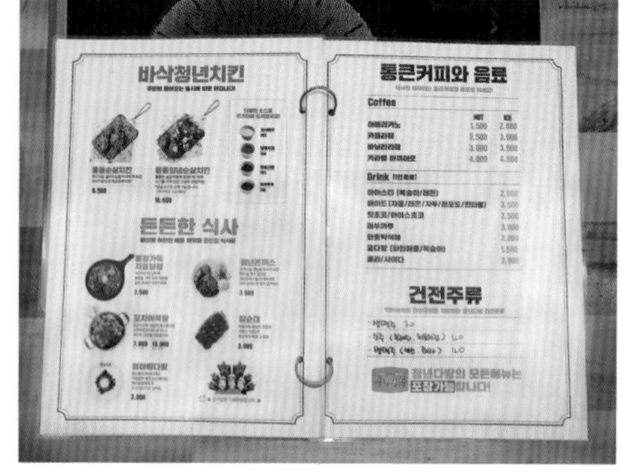

불향차돌떡볶이
[bul-hyang-cha-dol-tteok-bo-kki]
火烤牛胸肉辣炒年糕

치믈렛떡볶이
[chi-meul-ret-tteok-bo-kki]
蛋捲辣炒年糕

빨간크림떡볶이
[ppal-gan-keu-rim-tteok-bo-kki]
紅通通奶油辣炒年糕

옛날짜장떡볶이
[yen-nal-jja-jang-tteok-bo-kki]
古早味炸醬辣炒年糕

통큰오짱떡볶이
[tong-keun-o-jjang-tteok-bo-kki]
炸魷魚辣炒年糕

깻잎순대떡볶이
[kkaen-nip-sun-dae-tteok-bo-kki]
芝麻葉血腸辣炒年糕

치즈폭포순살떡볶이
[chi-jeu-pok-po-sun-sal-tteok-bo-kki]
起司瀑布無骨雞辣炒年糕

핫크림치즈볼떡볶이
[hat-keu-rim-chi-jeu-bol-tteok-bo-kki]
Hot奶油起司球辣炒年糕

밀크모짜치즈볼
[mil-keu-mo-jja-chi-jeu-bol]
鮮奶莫札瑞拉起司球

돌돌꽈배기
[dol-dol-kkwa-bae-gi]
麻花捲

菜單
(메뉴)

청년만두강정
[cheong-nyeon-man-du-gang-jong]
青年餃子麥芽糕

통통순살치킨
[tong-tong-sun-sal-chi-kin]
無骨炸雞

통통양념순살치킨
[tong-tong-yang-nyeom-sun-sal-chi-kin]
調味無骨炸雞

불향가득차돌덮밥
[bul-hyang-ga-deuk-cha-dol-deop-bap]
火烤味牛胸肉蓋飯

꼬치어묵탕
[kko-chi-eo-muk-tang]
串魚板湯

엄마빠다밥
[eom-ma-ppa-da-bab]
媽媽奶油飯

청년돈까스
[cheong-nyeon-don-kka-seu]
青年炸豬排

찰순대
[chal-sun-dae]
糯米血腸

버터갈릭감자튀김
[beo-teo-gal-rik-gam-ja-twi-gim]
奶油蒜末炸薯條

새우고로케
[sae-u-go-lo-ke]
鮮蝦可樂餅

날치알볶음밥
[nal-chi-al-bo-kkeum-bap]
飛魚卵炒飯

다모아튀김
[da-mo-a-twi-gim]
炸物拼盤

實戰對話

011.mp3

직원：어서오세요 . 몇 분이세요？ [eo-seo-o-se-yo. myeot bu-ni-se-yo]

店員：歡迎光臨！請問幾位？

고객：안녕하세요 , 2 명이에요 .[an-nyeong-ha-se-yo. du-myeong-i-e-yo]

顧客：您好！兩位！

직원：편한 자리에 앉으세요 .[pyeo-nan ja-li-e an-jeu-se-yo]

店員：請隨便坐。

고객：주문할게요 . 핫크림치즈볼떡볶이 하나 주세요 . 혹시 많이 매워요？
[ju-mun-hal-ge-yo. hat-keu-lim-chi-jeu-bol-tteok-bo-kki ha-na ju-se-yo. hog-si ma-ni mae-wo-yo]

顧客：我要點餐！請給我一份 Hot 奶油起司球辣炒年糕，請問會很辣嗎？

직원：네 . 다른 떡볶이보다 좀 더 매운데요 .
[ne. da-leun tteog-bo-kki-bo-da jom deo mae-un-de-yo]

店員：是的，相較於其他辣炒年糕更辣一些。

고객：덜 맵게 해 주세요 . [deol maeb-ge hae ju-se-yo]

顧客：請幫我做成少辣。

직원：네 . 순한 맛 해 드릴게요 . [ne. sun-han mat hae deu-ril-kke-yo]

店員：好的，我會幫您做成原味。

---

10 분 후 [sip-ppun hu]

十分鐘後

직원：끓어서 바로 드시면 돼요 . 맛있게 드세요 .
[kkeu-reo-seo ba-ro deu-si-myeon dwae-yo. ma-sit-kke deu-se-yo]

店員：煮滾了就可以直接吃了。請享用。

떡볶이 거의 다 먹었을 때 [tteok-bo-kki geo-ui da meo-geo-sseul ttae]

辣炒年糕快吃完的時候

고객：저기요～날치알볶음밥 1 인분 추가해 주세요 .
[jeo-gi-yo~ nal-chi-al-bo-kkeum-bab i-rin-bun chu-ga-hae ju-se-yo]
顧客：小姐～ 請幫我加點一人份飛魚卵炒飯。

직원：남은 국물을 버려도 될까요？
[na-meun gung-mu-leul beo-lyeo-do doel-kka-yo]
店員：剩下的湯可以倒掉嗎？

고객：네 . 괜찮습니다 . [ne. kkwaen-chan-sseum-ni-da]
顧客：好，沒關係。

직원：날치알볶음밥을 잘 비벼서 드시면 돼요 .
[nal-chi-al-bo-kkeum-ba-beul jal bi-byeo-seo deu-si-myeon doe-yo]
店員：飛魚卵炒飯拌一拌即可食用。

來練習點餐吧！

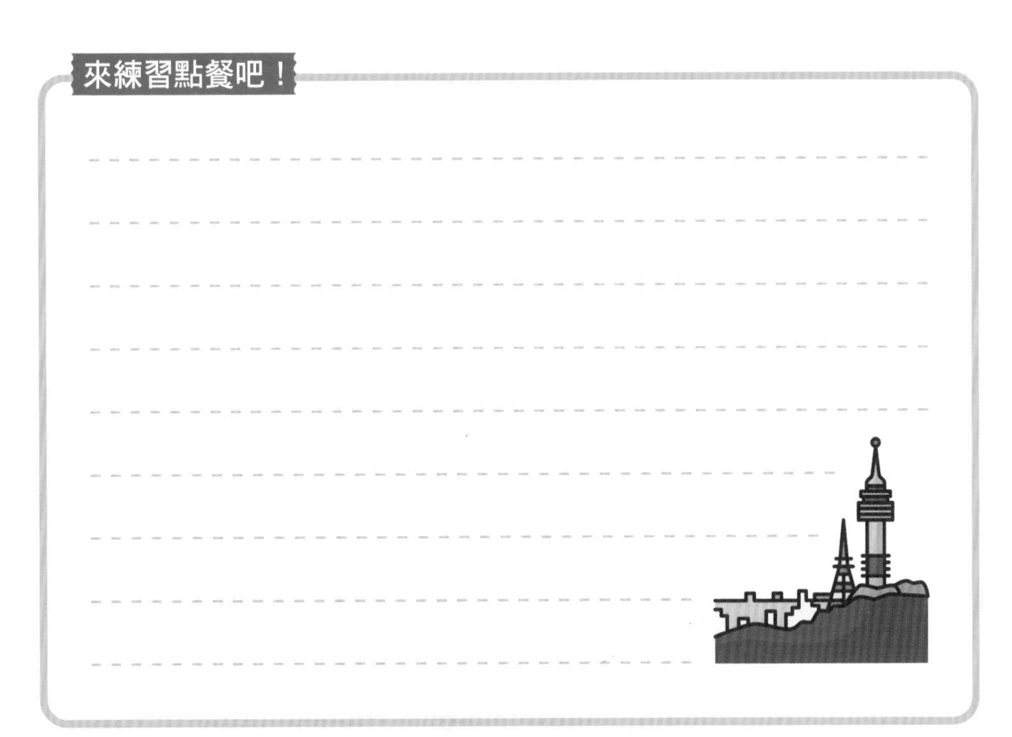

小知識

Hot 奶油起司球辣炒年糕
(핫크림치즈볼떡볶이)

建議大家可以使用剪刀，將年糕剪成方便入口的長度。

還能夠吃到份量十足的無骨炸雞。

建議大家可以將起司球剪成四等份方便食用。

最後，記得要加點飛魚卵炒飯。

可以親自體驗炒飛魚卵炒飯。

鍋巴的部分特別好吃！全部吃光光，一點都不剩！

換句話說

012.mp3

① 주문할게요 . 핫크림치즈볼떡볶이 하나 주세요 .
[ju-mun-hal-ge-yo. hat-keu-rim-chi-jeu-bol-tteok-bo-kki ha-na ju-se-yo]
我要點餐。請給我一份 Hot 奶油起司球辣炒年糕。

↳ 주문할게요 . 통큰오짱떡볶이 하나 주세요 .
[ju-mun-hal-ge-yo. tong-keun-o-jjang-tteok-bo-kki ha-na ju-se-yo]
我要點餐。請給我一份炸魷魚辣炒年糕。

↳ 주문할게요 . 불향차돌떡볶이랑 다모아튀김 주세요 .
[ju-mun-hal-ge-yo. bul-hyang-cha-dol-tteok-bo-kki-lang da-mo-a-twi-gim ju-se-yo] 我要點餐。請給我火烤牛胸肉辣炒年糕和炸物拼盤。

② 혹시 많이 매워요？ [hok-si ma-ni mae-wo-yo] 請問會很辣嗎？

↳ 혹시 좀 매워요？ [hok-si jom mae-wo-yo] 請問會有點辣嗎？

↳ 혹시 얼마나 매워요？ [hok-si eol-ma-na mae-wo-yo] 請問會有多辣？

③ 덜 맵게 해 주세요 . [deol maep-kke hae ju-se-yo] 請幫我做成少辣。

↳ 더 맵게 해 주세요 . [deo maep-kke hae ju-se-yo] 請幫我做得更辣一點。

↳ 순한 맛 해 주세요 . [sun-han mat hae ju-se-yo] 請幫我做成原味。

④ 저기요~날치알볶음밥 1인분 추가해 주세요.
[jeo-gi-yo~ nal-chi-al-bo-kkeum-bab i-rin-bun chu-ga-hae ju-se-yo]
小姐～ 我要加一人份飛魚卵炒飯。

↳ 저기요 ~ 통통순살치킨 하나 추가해 주세요 .
[jeo-gi-yo~ tong-tong-sun-sal-chi-kin ha-na chu-ga-hae ju-se-yo]
小姐～ 我要加一份無骨炸雞。

↳ 저기요~ 찰순대 하나 추가해 주세요.
[jeo-gi-yo~ chal-sun-dae ha-na chu-ga-hae ju-se-yo]
小姐～ 我要加一份糯米血腸。

주의！

韓國當地人才知道的事 TOP3

- 由於每家辣炒年糕的辣度均不同，建議大家可以先詢問辣度。
- 餐桌上的剪刀用途是讓顧客將年糕及魚板剪成方便食用的大小。
- 大家想要加點炒飯的話，記得在辣炒年糕快吃完的時候，再向店員加點炒飯。

當地人推薦的美味店家

青年茶房光明所下店（청년다방 광명소하점）

韓文地址：경기도 광명시 소하로92번길 12

英文地址：12，Soha-ro 92beon-gil，Gwangmyeong-si，Gyeonggi-do，Republic of Korea

營業時間：每日 11:00-22:00

鄰近的公車或地鐵站：水資源公社光明加壓廠（수자원공사광명가압장）公車站下車後徒步約 240 公尺

青年茶房首爾弘大店（청년다방 서울홍대점）

韓文地址：서울 마포구 양화로18안길 20

英文地址：20，Yanghwa-ro 18an-gil，Mapo-gu，Seoul，Republic of Korea

鄰近的公車或地鐵站：地鐵二號、機場、京義中央線弘大入口站 6 號出口（홍대입구역 6번 출구）徒步約 288 公尺

青年茶房建大店（청년다방 건대점）

韓文地址：서울 광진구 동일로20길 64

英文地址：64，Dongil-ro 20-gil，Gwangjin-gu，Seoul，Republic of Korea

鄰近的公車或地鐵站：地鐵二號、七號線建大入口站 6 號出口（건대입구역 6번 출구）徒步約 248 公尺

*其他更多分店資訊，請掃描 QR Code 連結至青年茶房官網。

PART 3-2

排骨湯 갈비탕

排骨湯
갈비탕

013.mp3

聊聊美食的五四三

大家在追韓劇時，可能會看到排骨湯這道韓國料理。在韓國，排骨湯大致上可以區分為兩種：一種是湯頭清甜的**갈비탕**［ gal-bi-tang；清燉排骨湯 ］，一種是口味較重的**감자탕**［ gam-ja-tang；馬鈴薯排骨湯 ］。雖然它們的中文都可以叫做排骨湯，但實際上這兩種排骨湯所使用的主食材及湯底的熬煮方式完全截然不同。

清燉排骨湯的主食材為牛排骨，熬煮的過程中必須時時刻刻注意湯頭，將多餘的雜質除去才能熬煮出清甜的湯底；馬鈴薯排骨湯的主食材是**척추뼈**［ cheok-chu-ppyeo；豬脊椎骨 ］。有件事可能大家不曉得，馬鈴薯排骨湯之所以叫做馬鈴薯排骨湯，是因為主食材豬脊椎骨的韓文又稱為**감자뼈**［ gam-ja-ppyeo；椎骨 ］，因而取名為馬鈴薯排骨湯。很多人誤會馬鈴薯排骨湯是因為加入馬鈴薯一起燉煮才被叫做馬鈴薯排骨湯，但事實上並非如此。現在是不是覺得真相大白了呢？

清燉排骨湯的湯底清澈甘甜，燉煮時會加上大量的**대파**［ dae-pa；大蔥 ］及些許**대추**［ dae-chu；紅棗 ］來提升湯頭風味。馬鈴薯排骨湯的湯頭則是紅通通的辣味湯底，口味較重，味道也相對濃郁。不僅可以品嚐到入口即化的**감자**［ gam-ja；馬鈴薯 ］，還可品嚐到**시래기**［ si-rae-gi ；乾菜 ］的美味。

推薦！南浦麵屋（남포면옥）

014.mp3

雖然南浦麵屋聽起來像麵食專賣店，但它其實是一間韓牛餐廳，以招牌排骨湯最為聞名。南浦麵屋位於首爾市中區乙支路上，擁有絕佳的地理位置，鄰近地鐵市廳站與光化門站。由於餐廳附近商辦大樓林立，常有不少政商名流前來聚會用餐。就連韓國**문재인 전 대통령**［ mun-jae-in jeon dae-tong-nyeong；前總統文在寅 ］、**이명박 전 대통령**［ i-myeong-bak jeon dae-tong-nyeong；前總統李明博 ］都曾前來用餐過，並留下親筆紀念簽名。不僅如此，駐韓台北代表部也曾來過此餐廳聚餐。

南浦麵屋的餐廳入口共有兩個，一個是韓屋風格的木製舊門，另一個則是現代化風格的玻璃門。之所以會有兩個入口，是因為起初只有一間店面，後來生意興隆名聲大噪，店家將隔壁店面買下後才出現兩個大門的現況。雖然外觀看起來有兩個入口大門，但內部空間其實是連通的。

南浦麵屋已連續七年（2017年~2023年）榮獲**미쉐린 가이드**［ mi-swae-rin ga-i-deu；米其林指南 ］的高評鑑及認可，是一家極具在地文化特色又美味的高檔餐廳。如果來韓國旅遊，不妨安排行程前往南浦麵屋，在這家充滿濃厚傳統文化氣息的餐廳中品嚐排骨湯的美味。

菜單 (메뉴)

015.mp3

한우어복쟁반
[han-u-eo-bok-jjaeng-ban]

韓牛火鍋

한우불고기
[han-u-bul-go-gi]

韓牛烤肉

한우수육
[han-u-su-yuk]

韓牛白切肉

냉면
[naeng-myeon]

冷麵

비빔냉면
[bi-bim-naeng-myeon]

拌冷麵

온면
[on-myeon]

熱湯麵

갈비탕
[gal-bi-tang]

排骨湯

육개장
[yuk-kkae-jang]

香辣牛肉湯

菜單
(메뉴)

만두국

[man-du-guk]

餃子湯

모듬전

[mo-deum-jeon]

綜合煎餅

떡만두

[tteong-man-du]

年糕餃子

해물파전

[hae-mul-pa-jeon]

海鮮煎餅

빈대떡

[bin-dae-tteok]

綠豆煎餅

實戰對話

016.mp3

직원：어서오세요. 몇 분이세요？ [eo-seo-o-se-yo. myeot bu-ni-se-yo]

店員：歡迎光臨！請問幾位？

고객：안녕하세요, 2명이에요. [an-nyeong-ha-se-yo, du-myeong-i-e-yo]

顧客：您好，兩位。

직원：어떤 자리로 안내해 드릴까요?

[eo-tteon ja-ri-ro an-nae-hae deu-ril-kka-yo]

店員：您想坐哪裡？

고객：우리는 안쪽 따뜻한 방으로 들어가겠습니다 .

[u-ri-neun an-jjok tta-tteu-tan bang-eu-ro deu-reo-ga-get-sseum-ni-da]

顧客：我們要坐在裡面較溫暖的包廂式座位。

직원：그럼 편한 자리로 앉으세요 . 오늘 무엇을 주문하실 거예요？

[geu-reom pyeon-han ja-ri-ro an-jeu-se-yo. o-neul mu-eo-seul ju-mun-ha-sil kkeo-e-yo]

店員：那麼請隨便坐。今天要點些什麼呢？

고객：메뉴판을 살펴보겠습니다.

[me-nyu-pa-neul sal-pyeo-bo-get-sseum-ni-da]

顧客：我們看一下菜單。

직원：천천히 살펴보세요. 주문하실 때 불러 주세요.

[cheon-cheo-ni sal-pyeo-bo-se-yo. ju-mun-ha-sil ttae bul-reo ju-se-yo]

店員：請慢慢看，要點餐的時候再叫我。

고객：이모~갈비탕 2 개 부탁드립니다.

[i-mo~ gal-bi-tang du-gae bu-tak-deu-rim-ni-da]

顧客：姨母～請給我兩份排骨湯。

직원：네. 알겠습니다. [ne. al-get-sseum-ni-da]

店員：好，知道了。

10분 후 [sip-ppun hu]

十分鐘後

직원 : 맛있게 드세요. [ma-sit-kke deu-se-yo]
店員：請慢用。
고객 : 네. 감사합니다. [ne. gam-sa-ham-ni-da]
顧客：好，謝謝。

결제 시 [gyol-je si]
結帳時

고객 : 계산할게요. 얼마예요 ? [gye-san-hal-kke-yo. eol-ma-e-yo]
顧客：買單。多少錢？
직원 : 총 24,000원입니다. 영수증을 드릴까요 ?
[chong i-man sa-chon-won-im-ni-da. yeong-su-jeung-eul deu-ril-kka-yo]
店員：一共 24,000 韓幣。需要收據嗎？
고객 : 아니요, 영수증을 버려주세요.
[a-ni-yo, yeong-su-jeung-eul beo-ryeo-ju-se-yo]
顧客：不用，請幫我把收據丟掉。

來練習點餐吧！

小知識

1. 갈비탕 [gal-bi-tang] 排骨湯

韓國的排骨湯指的是牛排骨，一般在台灣講排骨湯都是指豬排骨。不吃牛的朋友來旅遊時要特別留意。

2. 可以將白飯倒入排骨湯內一起食用

在餐廳用餐時，時常可以看到韓國人將整碗白飯倒到湯裡一起吃。但其實也有不少韓國人是分開吃的，並沒有特別的吃法。

3. 駐韓台北代表部官員到訪記錄

由於這家餐廳是韓國政府官員的愛店，在預約白板上時常可以看到政府官員的預約紀錄。

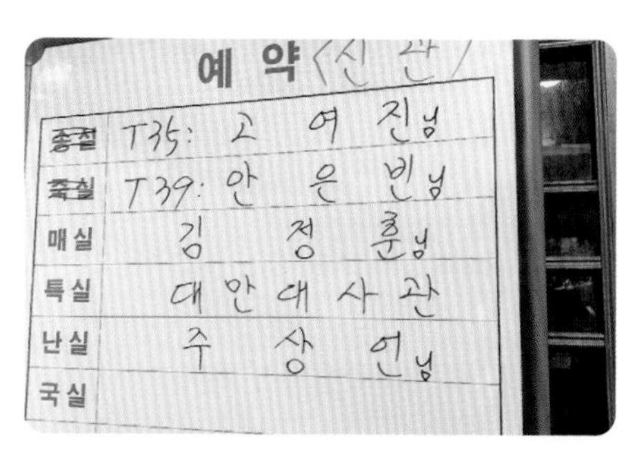

4. 連續七年蟬聯榮獲米其林指南

雖然有兩個入口，但大家通常都是從新式玻璃門進入餐廳。

看餐點學個單字

★南浦麵屋的餐具

❶ 젓가락 [jot-kka-rak] 筷子
❷ 숟가락 [sut-kka-rak] 湯匙

★清爽甘甜的湯頭

❶ 파 [pa] 蔥
❷ 새송이 [sae-song-i] 杏鮑菇
❸ 국물 [gung-mul] 湯

★반찬 [ban-chan] 小菜

❶ 간장 [gan-jang] 醬油
❷ 동치미 국물 [dong-chi-mi gung-mul] 水蘿蔔辛奇湯
❸ 김치 [gim-chi] 辛奇
❹ 깍두기 [kkak-ttu-gi] 蘿蔔辛奇
❺ 미역무침 [mi-yeong-mu-chim] 涼拌海帶芽
❻ 물티슈 [mul-ti-syu] 濕紙巾
❼ 공깃밥 [gong-git-bap] 白飯

換句話說

① 우리는 안쪽 따뜻한 방으로 들어가겠습니다.
[u-ri-neun an-jjok tta-tteu-tan bang-eu-reo deu-ro-ga-get-sseum-ni-da]
我們要坐在裡面較溫暖的包廂式座位。

↳ 우리는 문 앞에 있는 자리에 앉겠습니다.
[u-ri-neun mun a-pe in-neun ja-ri-e an-kket-sseum-ni-da]
我們要坐在門口的位置。

↳ 어느 곳에 앉아도 괜찮습니다.
[o-neu go-se an-ja-do gwaen-chan-sseum-ni-da]
坐哪裡都沒關係。

② 메뉴판을 살펴보겠습니다.
[me-nyu-pa-neul sal-pyeo-bo-get-sseum-ni-da]
我們看一下菜單。

↳ 추천해 줄 메뉴가 있으세요？
[chu-cheon-hae jul me-nyu-ga i-sseu-se-yo]
有推薦的菜單嗎？

↳ 인기 메뉴를 추천해 주세요.
[in-gi me-nyu-reul chu-cheon-hae ju-se-yo]
請推薦人氣菜單。

③ 이모~갈비탕 2 개 부탁드립니다.
[i-mo~ gal-bi-tang du-gae bu-tak-deu-rim-ni-da]
姨母～ 請給我兩份排骨湯。

↳ 이모~ 한우불고기 3인분 부탁드립니다.
[i-mo~ han-u-bul-go-gi se-in-bun bu-tak-deu-rim-ni-da]
姨母～請給我們三人份的韓牛烤肉。

↳ 이모~ 한우수육 하나 부탁드립니다.
[i-mo~ han-u-su-yuk ha-na bu-tak-deu-rim-ni-da]
姨母～請給我一份韓牛白切肉。

④ 영수증을 버려주세요.
[yeong-su-jeung-eul beo-ryeo-ju-se-yo]
請幫我把收據丟掉。

↳ 영수증이 필요없습니다.
[yeong-su-jeung-i pi-ryo-oep-sseum-ni-da]
不需要收據。

↳ 영수증을 주세요.
[yeong-su-jeung-eul ju-se-yo]
請給我收據。

＼ 주의！ ／

韓國當地人才知道的事 TOP3

- 排骨湯在朝鮮咸鏡道當地叫做가리탕[ga-ri-tang]。
- 韓國人習慣將白飯倒入排骨湯內一起吃。
- 馬鈴薯排骨湯的韓文也可以叫做稱為뼈가귀[ppyeo-ga-gwi]。

當地人推薦的 美味店家

南浦麵屋（남포면옥）

韓文地址：서울 중구 을지로3길 24

英文地址：24, Eulji-ro 3-gil, Jung-gu, Seoul, Republic of Korea

營業時間：平日 11:30-22:00／週末 11:30-21:00　（國定假日公休）

鄰近的公車站或地鐵站：地鐵二號線乙支路入口站 1-1 號出口（을지로입구역 1-1번 출구）徒步約 150 公尺

찾아주셔서
감사 드립니다 !

PART 3-3

烤豬肉

돼지고기구이

烤豬肉

돼지고기구이

019.mp3

聊聊美食的五四三

韓式烤肉是韓國料理中最受外國遊客喜愛的美食之一，每次來到韓國旅遊必定都會吃上一回。來到韓國就會發現，每家韓式烤肉店使用的烤盤以及供應的豬肉部位均有所不同。想要更深入探究道地韓式烤肉的魅力，大家就得知道一般韓式烤肉店通常會提供哪些部位的豬肉。最常見的豬肉部位有**갈비살**［gal- bi-sal；排骨肉］、**삼겹살**［sam-gyeop-ssal；五花肉］、**목살**［mok-ssal；豬肩肉］、**항정살**［hang-jeong-sal；豬頸肉］、**갈매기살**［gal-mae-gi-sal；豬排肉］、**볼살**［bol-sal；豬頰肉］、**돼지껍데기**［dwae-ji-kkeop-tte-gi；豬皮］等。然而，最常見的烤盤又可以大致分為**동판**［dong-pan；銅盤］、**스테인리스판**［seu-te-il-ri-seu-pan；不銹鋼烤盤］、**철망**［cheol-mang；烤網／鐵網］、**돌판**［dol-pan；排油烤盤／石板烤盤］等。若烤肉店使用的是不銹鋼烤盤或烤網，切記務必不定時向店員要求更換烤盤或烤網，千萬不要同一個烤盤或烤網一路烤到底。

推薦！明倫進士排骨（명륜진사갈비）

020.mp3

韓式烤肉吃到飽是這幾年開始盛行，韓國到處都可輕易看到韓式烤肉吃到飽的餐廳。明倫進士排骨這幾年在韓國各地快速展店，目前已成為全韓國規模最大、連鎖門市最多、知名度最高的吃到飽烤肉店。

明倫進士排骨是一家吃到飽的韓式烤肉餐廳，特別使用炭烤方式讓排骨的風味更加昇華。用餐方式採自助式方式，可以自由取用自助吧提供的所有美食，碳酸飲料及白飯皆無限量供應。部分店家可自取肉盤，部分店家則須按服務鈴向店員索取。除了炭烤排骨吃到飽以外，還可額外加點其他韓式料理搭配享用。

明倫進士排骨的由來源自成均館**진사식당**［ jin-sa-sik-ttang；進士食堂 ］。大家耳熟能詳的知名學府**성균관대학교**［ seong-gyun-gwan-dae-hak-kkyo；成均館大學 ］是韓國歷史最悠久的一所大學，而成均館大學的前身便是朝鮮最高學府成均館。成均館進士食堂建於朝鮮太宗 1398 年，是當時**유생**［ yu-saeng；儒生 ］用膳的食堂。而**명륜당**［ myeong-nyun-dang；明倫堂 ］則是成均館的講堂。不僅如此，明倫堂仍完整保存在現今成均館大學首爾校區內，更是一處觀光歷史古蹟。大家來韓國旅遊時除了品嘗 CP 值爆表的明倫進士排骨，不妨也安排行程到成均館大學走走，感受一下充滿詩書氣息、古色古香的校園氛圍。

菜單
(메뉴)

021.mp3

명륜진사갈비 무한리필

[myeong-nyun-jin-sa-gal-bi mu-hal-ri-pil]

明倫進士排骨吃到飽

숯불쭈꾸미

[sut-ppul-jju-kku-mi]

炭火小章魚

김치찌개

[gim-chi-jji-gae]

辛奇鍋

된장찌개

[dwen-jang-jji-gae]

大醬鍋

소세지

[so-se-ji]

香腸

계란찜

[gye-ran-jjim]

蒸蛋

냉면

[naeng-myeon]

冷麵

소주

[so-ju]

燒酒

병맥주

[byeong-maek-jju]

啤酒（瓶裝）

생맥주

[saeng-maek-jju]

生啤酒

實戰對話

022.mp3

직원：어서오세요. 몇 분이세요？ [eo-seo-o-se-yo. myeot bu-ni-se-yo]

店員：歡迎光臨！請問幾位？

고객：안녕하세요，2명이에요. [an-nyeong-ha-se-yo, du-myeong-i-e-yo]

顧客：您好，兩位。

직원：원하는 자리에 앉으세요. [wo-na-neun jar-ie an-jeu-se-yo]

店員：想坐哪都可以。

고객：식사 시간 제한 있나요？ [sik-ssa si-gan je-han in-na-yo]

顧客：用餐時間有限制嗎？

직원：네. 평일은 2시간이에요. [ne. pyeong-i-reun du-si-ga-ni-e-yo]

店員：有的，平日用餐時間為兩小時。

고객：실례하지만 셀프코너는 어디에 있나요?

[sil-rye-ha-ji-man sel-peu-ko-neo-neun eo-di-e in-na-yo]

顧客：不好意思，請問自助吧在哪裡呢？

직원：셀프코너는 안쪽에 있어요. [sel-peu-ko-neo-neun an-jjo-ge i-sseo-yo]

店員：自助吧在裡面。

고객：혹시 젓가락과 숟가락도 셀프서비스인가요？

[hok-ssi jeot-kka-rak-kkwa sut-kka-rak-tto sel-peu-seo-bi-seu-in-ga-yo]

顧客：請問筷子及湯匙也是自取嗎？

직원：젓가락과 숟가락도 셀프예요. 음료수 셀프코너 옆에 있어요.

[jeot-kka-rak-kkwa sut-kka-rak-tto sel-peu-ye-yo. eum-nyo-su sel-peu-ko-neo yeo-pe i-sseo-yo]

店員：筷子和湯匙也是自取。在飲料自助吧旁邊。

고객：알겠습니다. 감사합니다. [al-gaet-sseum-ni-da gam-sa-ham-ni-da]

顧客：知道了。謝謝。

30 분 후[sam-sip-ppun hu]

30 分鐘後

고객：여기요~불판을 교체해 주세요.

[yeo-gi-yo~bul-pa-neul gyo-che-hae ju-se-yo]

顧客：不好意思～請幫我們換一下烤盤。

직원 : 네 ! 잠시만요. 바로 교체해 드릴게요.

[ne! jam-si-man-nyo. ba-ro gyo-che-hae deu-ril-kke-yo]

店員：好！請稍等。馬上替您更換。

결제 후 [gyeol-je hu]

結帳後

직원 : 요즘은 코로나로 인해 마스크를 무료로 증정해 드리는 이벤트가 있습니다. 다음에 또 오세요.

[yo-jeu-meun ko-ro-na-ro in-hae ma-seu-keu-reul mu-ryo-ro jeung-jeong-hae deu-ri-neun i-ben-teu-ga it-sseum-ni-da. da-eu-me tto o-se-yo]

店員：最近因新冠肺炎，有免費贈送口罩的活動。歡迎下次再度光臨。

來練習點餐吧！

小知識

1.明倫進士排骨自助櫃

部分分店是採用自助櫃方式取肉，但也有分店是須要按服務鈴向店員索取。通常不會限制客人一次索取多少份量，前提是不能浪費食材。

2.食材、醬料自助吧

通常在自助吧可以自取生菜、蔥絲、年糕、蒜頭、玉米粒沙拉及各式醬料，雖然沒有限制份量，但經店家發現有浪費食材的情況時，將會額外收取 3,000 韓幣的罰金。

3.白飯無限量供應、餐具自助區

韓國餐廳的餐具通常都會放在餐桌兩側的抽屜內，但部分明倫進士排骨分店是將餐具放在自助區，白飯則是無限量吃到飽。

4.超大份排骨

明倫進士排骨的尺寸通常都很大一片，等到豬肉快要熟時，夾子與剪刀並用，將豬肉剪成容易入口的大小即可。

5.記得使用剪刀將脂肪的部分去除。

若不喜歡肥肉太多的部分，韓國人會習慣將脂肪的部分用剪刀剪掉，烤肉店通常會提供一個小鐵桶作為垃圾桶，大家可以把垃圾或剪掉的脂肪丟進去。

看餐點學個單字

023.mp3

★반찬 [ban-chan] 小菜

① 콘샐러드 [kon-ssael-ro-deu] 玉米粒沙拉
② 떡 [tteok] 年糕
③ 김치 [gim-chi] 辛奇
④ 소스 [sso-sseu] 醬料
⑤ 마늘 [ma-neul] 蒜頭

★炭火上桌

① 배연관 [bae-yeon-gwan] 排煙管
② 파채무침 [pa-chae-mu-chim] 涼拌蔥絲
③ 불판 [bul-pan] 烤盤
④ 고기숯 [go-gi-sut] 烤肉木炭

換句話說

① 식사 시간은 제한 있나요?
[sik-ssa si-gan-neun je-han i-nna-yo]
用餐時間有限制嗎?

↳ 식사 시간은 몇 분이에요?
[sik-ssa si-ga-neun myeot bu-ni-e-yo]
用餐時間是幾分鐘?

↳ 식사 시간은 언제까지 되나요?
[sik-ssa si-ga-neun eon-je-kka-ji dwe-na-yo]
用餐時間到哪時候?

② 셀프코너는 어디에 있나요?
[sel-peu-ko-neo-neun eo-di-e in-na-yo]
請問自助吧在哪裡呢?

↳ 음료수 셀프코너는 어디에 있나요?
[eum-nyo-su sel-peu-ko-neo-neun eo-di-e in-na-yo]
請問飲料自助吧在哪裡呢?

↳ 정수기는 어디에 있나요?
[jong-su-gi-neun eo-di-e in-na-yo]
請問飲水機在哪裡呢?

③ 불판을 교체해 주세요.
[bul-pa-neul gyo-che-hae ju-se-yo]
請幫我們換一下烤盤。

↳ 집게를 주세요.
[jip-kke-reul ju-se-yo]
請給我夾子。

↳ 테이블을 좀 치워주세요.
[te-i-beu-reul jom chi-wo-ju-se-yo]
請清理一下桌面。

④ 다음에 또 오세요.
[da-eu-me tto o-se-yo]
下次再度蒞臨。

↳ 다음에 또 먹으러 오세요.
[da-eu-me tto meo-geu-reo o-se-yo]
下次再來用餐。

↳ 다음에 또 만나요.
[da-eu-me tto man-na-yo]
下次再見面。

＼ 주의！ ／

韓國當地人才知道的事 TOP3

- 烤肉時，記得要不定時請店員更換烤盤。
- 剪刀除了可以用來剪烤肉外，也可以將多餘的脂肪減去。
- 若有任何請求，都可以按桌邊服務鈴。

明倫進士排骨光明所下店（명륜진사갈비 광명소하점）

韓文地址：경기 광명시 소하로109번길 14

英文地址：14, Soha-ro 109beon-gil, Gwangmyeong-si, Gyeonggi-do, Republic of Korea

營業時間：每日 12:00-22:00

鄰近的公車或地鐵站：水資源公社光明加壓廠（수자원공사광명가압장）公車站下車後徒步約 772 公尺

明倫進士排骨首爾合井店（명륜진사갈비 서울합정）

韓文地址：서울시 마포구 독막로 17

英文地址：17, Dongmak-ro, Mapo-gu, Seoul, Republic of Korea

鄰近的公車或地鐵站：地鐵二號線、六號線合井站六號出口（합정역 6번 출구）徒步約 125 公尺

明倫進士排骨首爾東廟店（명륜진사갈비 서울동묘점）

韓文地址：서울시 종로구 종로 321

英文地址：321, Jong-ro, Jongno-gu, Seoul, Republic of Korea

鄰近的公車或地鐵站：地鐵一號、六號線東廟前站八號出口（동묘앞역 8번 출구）徒步約 165 公尺

*其他更多分店資訊，請掃描 QR Code 連結至明倫進士排骨官網。

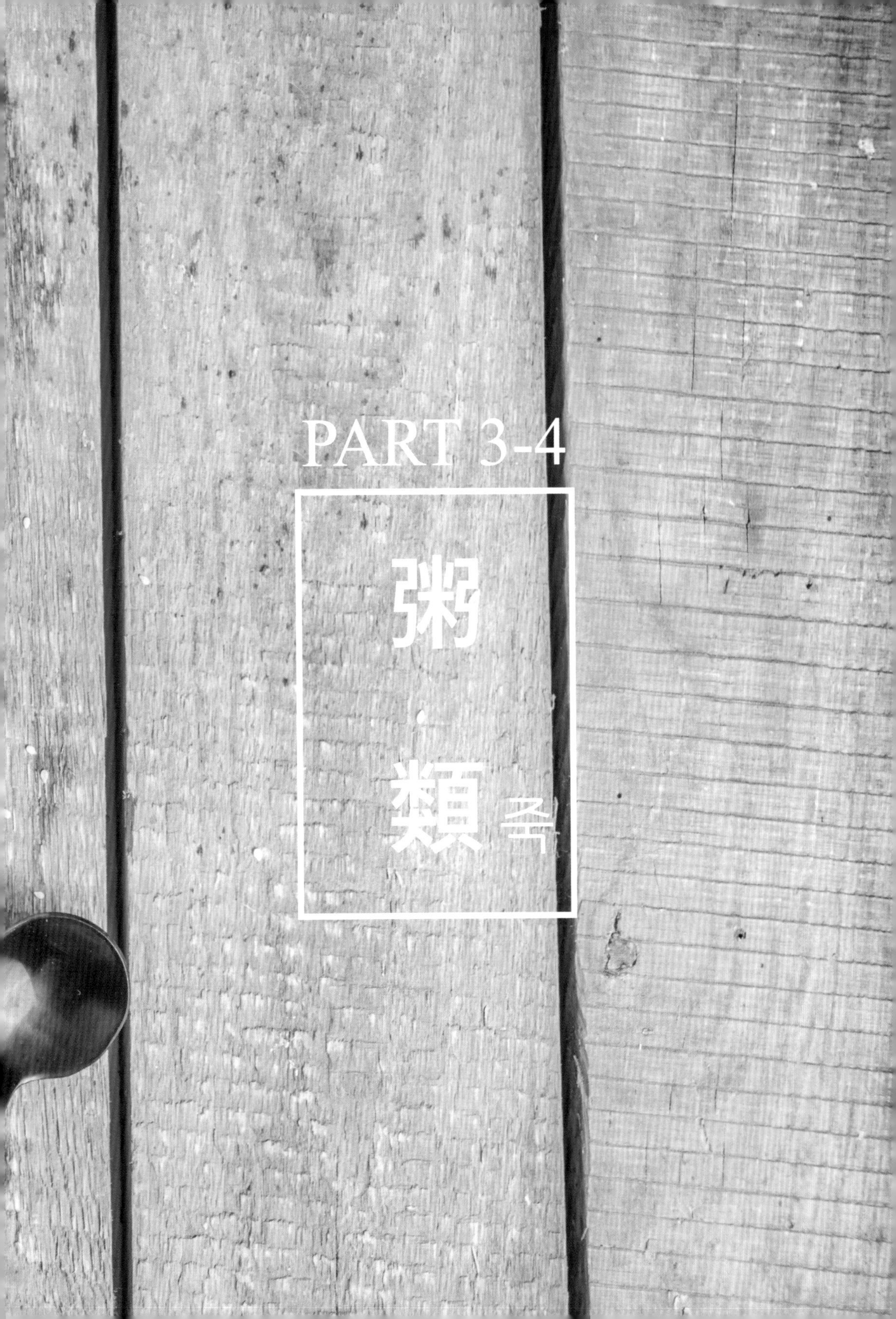

PART 3-4

粥・類 죽

粥類

죽

025.mp3

聊聊美食的五四三

大家來韓國旅遊時，多半都會去吃烤**삼겹살**［ sam-gyeop-ssal；五花肉 ］、**치킨**［ chi-kin；炸雞 ］、**부대찌개**［ bu-dae-jji-gae；部隊鍋 ］等韓國當地特色美食，但大家可能會不小心忽略韓國的粥類料理，韓國的粥也是相當有名的。

전복［ jeon-bok；鮑魚 ］是**제주도**［ je-ju-do；濟州島 ］的特產之一，如果到韓國旅遊有去濟州島，一定要吃一碗當日現抓現煮的**전복죽**［ jeon-bok-jjuk；鮑魚粥 ］。當然想吃鮑魚粥也不一定非要到濟州島才吃得到，這次要介紹的**본죽**［ bon-juk；本粥 ］菜單就有鮑魚粥。鮑魚本身營養價值極高，魚肉含有豐富的蛋白質，容易被人體所吸收。不僅能增加免疫力，還能夠滋養肌膚、抑制細紋的生成等，是韓國人心中的夢幻食材。

除了價位偏高的鮑魚粥外，韓國的**단호박죽**［ dan-ho-bak-jjuk：甜南瓜粥 ］和**팥죽**［ pat-jjuk；紅豆粥 ］更受韓國人喜愛，是韓國人心中的國民美食之一。其實，韓國也有所謂的 24 節氣，韓國人在冬至這天會習慣來碗紅豆粥。雖然中文叫做紅豆粥，但實際上它是一道由百米粥、紅豆、**새알**［ sae-al；無餡白湯圓 ］料理而成的美食。韓國常見的紅豆粥可分為甜味及鹹味兩種，但大多數的韓國人偏愛吃鹹的。有別於台灣通常在冬季才可以吃到熱呼呼的紅豆湯圓，在韓國則是一年四季都可以輕易品嚐到美味的紅豆粥。另外，韓國人認為紅豆粥的紅豆有避邪功用，可以驅除不好的事物。白湯圓則象徵新生命，並意味著自己又增長了一個歲數。

026.mp3

推薦！本粥（본죽）

只要說到**죽**［juk；粥］，許多韓國人立刻就會聯想到**본죽**［bon-juk；本粥］。本粥是一家以追求幸福生活為宗旨的知名連鎖企業，數年來持續不斷精研各式韓國料理。本粥於 2002 年 9 月創立第一家門市，至今規模已擴展至多達 1,800 多家分店。但其實本粥一開始是以韓式便當事業起家，接下來又接觸雪濃湯事業，最後以多年累積的經驗及料理知識，才發展成為全韓國規模最大、知名度最高的韓式粥類連鎖企業。

韓國人對於粥類的喜愛是不分男女老少的，每到週末就能見到全家大小在本粥店內享用各式粥類料理。本粥的鮑魚粥及紅豆粥更廣受韓國人喜愛，是本粥的超夯招牌料理。通常韓國人會在手術後、生產後或消化不良時食用粥類料理。

菜單
(메뉴)

027.mp3

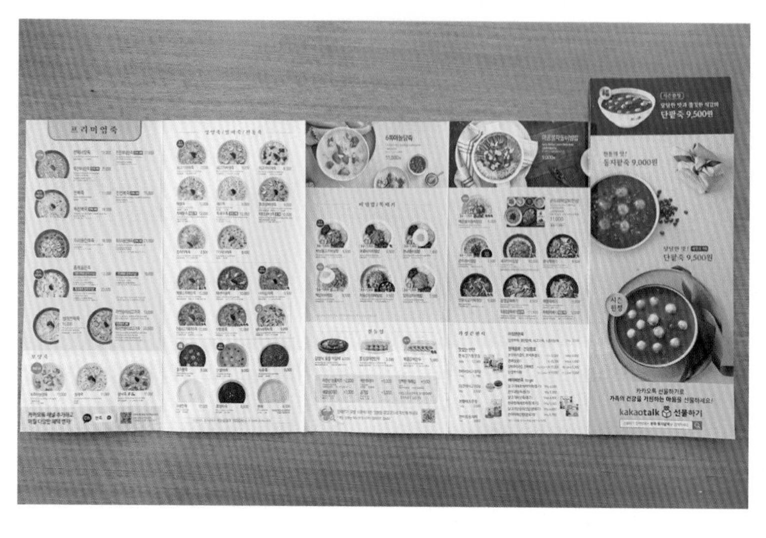

전복내장죽
[jeon-bong-nae-jang-juk]

鮑魚內臟粥

전복죽
[jeon-bok-jjuk]

鮑魚粥

트러플전복죽
[teu-reo-pul-jeon-bok-jjuk]

松露鮑魚粥

홍게품은죽
[hong-ge-pum-eun-juk]

抱紅蟹粥

삼계전복죽
[sam-gye-jeon-bok-jjuk]

蔘雞鮑魚粥

자연송이쇠고기죽
[ja-yeon-song-i-swe-go-gi-juk]

天然松茸牛肉粥

6쪽마늘닭죽
[yuk-jjong-ma-neul-dak-jjuk]

六瓣大蒜雞粥

삼계죽
[sam-gye-juk]

蔘雞粥

불낙죽
[bul-rak-jjuk]

烤牛肉長爪章魚粥

쇠고기야채죽
[swe-go-gi-ya-chae-juk]

牛肉蔬菜粥

菜單
(메뉴)

쇠고기버섯죽

[swe-go-gi-beo-seot-jjuk]

牛肉香菇粥

쇠고기미역죽

[swe-go-gi-mi-yeok-jjuk]

牛肉海帶芽粥

해물죽

[hae-mul-juk]

海鮮粥

새우죽

[sae-u-juk]

蝦仁粥

통영굴버섯죽

[tong-yeong-gul-beo-seot-jjuk]

統營牡蠣香菇粥

참치야채죽

[cham-chi-ya-chae-juk]

鮪魚蔬菜粥

7가지야채죽

[il-gop-kka-ji-ya-chae-juk]

七種蔬菜粥

해물김치해장국

[hae-mul-gim-chi-hae-jang-guk]

海鮮辛奇醒酒湯

매생이굴죽

[mae-saeng-i-gul-juk]

海藻牡蠣粥

낙지김치죽

[nak-jji-gim-chi-juk]

章魚辛奇粥

菜單
(메뉴)

진품쇠고기육개장죽
[jin-pum-swe-go-gi-yuk-kkae-jang-juk]
真品牛肉湯粥

신짬뽕죽
[sin-jjam-ppong-juk]
辛炒碼粥

냉이바지락죽
[naeng-i-ba-ji-rak-jjuk]
薺菜蛤蠣粥

동지팥죽
[dong-ji-pat-jjuk]
冬至紅豆粥

단팥죽
[dan-pat-jjuk]
甜紅豆粥

단호박죽
[dan-ho-bak-jjuk]
甜南瓜粥

녹두죽
[nok-ttu-juk]
綠豆粥

가평잣죽
[ga-pyong-jat-jjuk]
加平松子粥

흑임자죽
[heung-nim-ja-juk]
黑芝麻粥

흰죽
[hin-juk]
白粥

實戰對話

028.mp3

선결제 [son-gyol-je] 先付款

고객：안녕하세요, 주문하겠습니다！전복내장죽이랑 동지팥죽을 주세요.

[an-nyeong-ha-se-yo, ju-mun-ha-get-sseum-ni-da! jeon-bong-nae-jang-ju-gi-rang dong-ji-pat-jju-geul ju-se-yo]

顧客：您好，我要點餐！請給我鮑魚內臟粥和冬至紅豆粥。

직원：네！알겠습니다. 매장 안에서 드시나요？아니면, 포장인가요？

[ne! al-get-sseum-ni-da! mae-jang a-ne-seo deu-si-na-yo? a-ni-myon, po-jang in-ga-yo]

店員：好！知道了。請問是要在店內用餐嗎？還是外帶呢？

고객：매장 안에서 먹겠습니다. 얼마예요？

[mae-jang a-ne-seo meok-kket-sseum-ni-da. eol-ma-e-yo]

顧客：我要內用。多少錢？

직원：두개 합쳐서 22,000원입니다. 편한 자리에 앉으시면 됩니다. 지금은 주문량이 밀려 있어서 조금만 기다려 주세요.

[du-gae hap-cheo-seo i-man-i-cheon-won-im-ni-da. pyeo-nan ja-ri-e an-jeu-si-myeon dwem-ni-da. ji-geu-meun ju-mul-ryang-i mil-ryeo i-sseo-seo jo-geum-man gi-da-ryeo ju-se-yo]

店員：兩個合計 22,000 韓幣。隨便坐即可。因現在訂單有點多，請稍等一下。

고객：네. 알겠습니다. [ne. al-get-sseum-ni-da]

顧客：好。知道了。

15분 후 [si-bo-bun hu]

15 分鐘後

직원：오래 기다려 주셔서 감사합니다. 맛있게 드세요.

[o-rae gi-da-ryeo ju-syeo-seo gam-sa-ham-ni-da. ma-sit-kke deu-se-yo]

店員：久等了，謝謝。請慢用。

고객 : 나눠서 먹게 작은 그릇 2개를 주세요.

[na-nweo-seo meok-kke ja-geun geu-reut du-gae-reul ju-se-yo]

顧客：我們想要分著吃，請給兩個小碗。

직원 : 네. 바로 갔다 드릴게요. [ne. ba-ro gat-tta deu-ril-kke-yo]

店員：好。馬上拿給您。

고객 : 잘 먹겠습니다. [jal mok-kket-sseum-ni-da]

顧客：我們要開動了。

고객 : 혹시 남은 음식은 포장이 가능하나요？

[hok-ssi na-meun eum-si-geun po-jang-i ga-neung-ha-na-yo]

顧客：請問吃剩的食物可以打包嗎？

직원 : 가능합니다. 포장해 드릴게요.

[ga-neung-ham-ni-da. po-jang-hae deu-ril-kke-yo]

店員：可以。我幫您打包。

來練習點餐吧！

小知識

1.동지팥죽 [dong-ji-pat-jjuk] 冬至紅豆粥

在台灣冬至當天會吃湯圓，韓國則是會吃紅豆粥。韓式紅豆粥吃起來非常綿稠滑順，只吃半碗就會感覺非常飽。

2.親至櫃檯點餐及付款。

點餐方式非常簡單，點完餐點後隨便找位子坐即可。但通常每一人都要點一碗才行。

3.鮑魚內臟粥

原本鮑魚粥是呈現白色，但因加了內臟的關係，整碗粥才會呈現藻綠色。通常韓國人都會喝那碗水蘿蔔辛奇湯來解膩。

4.可以吃到貨真價實的鮑魚。

一碗粥的份量其實足夠兩個人分食，但礙於每個人都必須在店內點一碗粥，建議大家可以點兩種口味分著吃。

5.可以和장조림〔jang-jo-rim；醬牛肉〕一起吃！

由於醬牛肉是醃漬食品，口味非常重，建議大家搭配粥一起吃才不會太鹹。

6.和朋友分食

可以向店員索取小碗，和朋友一起分著吃！

看餐點學個單字

029.mp3

★冬至紅豆粥

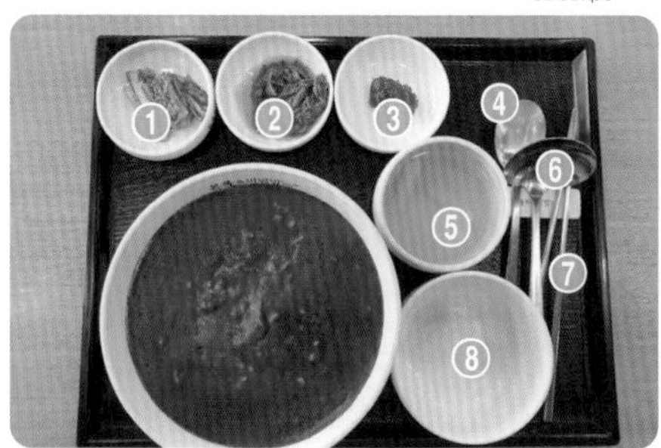

1. 김치 [gim-chi] 辛奇
2. 장조림 [jang-jo-rim] 醬牛肉
3. 오징어초무침 [o-jing-eo-cho-mu-chim] 醋拌魷魚
4. 숟가락 [sut-kka-rak] 湯匙
5. 동치미 국물 [dong-chi-mi gung-mul] 水蘿蔔辛奇湯
6. 국자 [guk-jja] 湯杓
7. 젓가락 [jeot-kka-rak] 筷子
8. 그릇 [geu-reut] 碗、器皿

換句話說

030.mp3

① 매장 안에서 드시나요 ?
[mae-jang a-ne-seo deu-si-na-yo]
請問是要在店內用餐嗎？

↳ 매장 안에서 식사하시나요 ?
[mae-jang a-ne-seo sik-ssa-ha-si-na-yo]
請問是要在店內用餐嗎？

↳ 드시고 가시나요 ?
[deu-si-go ga-si-na-yo]
請問是要內用嗎？

② 포장인가요 ?
[po-jang in-ga-yo]
請問是要外帶嗎？

↳ 포장해 가실건가요 ?
[po-jang-hae ga-sil-geon-ga-yo]
請問是要外帶嗎？

↳ 테이크아웃이신가요 ?
[te-i-keu-a-u-si-sin-ga-yo]
請問是要外帶嗎？

③ 주문량이 밀려 있어서 조금만 기다려 주세요.
[ju-mul-ryang-i mil-ryeo i-sseo-seo jo-geum-man gi-da-ryeo ju-se-yo]
因訂單有點多，請稍等一下。

↳ 고객들이 많아서 조금만 기다려 주세요.
[go-gaek-tteu-ri ma-na-seo jo-geum-man gi-da-ryeo ju-se-yo]
因顧客眾多，請稍等一下。

↳ 전화 주문이 많아서 조금만 기다려 주세요.
[jon-hwa ju-mu-ni ma-na-seo jo-geum-man gi-da-ryeo ju-se-yo]
因電話訂單眾多，請稍等一下。

④ 나눠서 먹게 작은 그릇 2개를 주세요.
[na-nweo-seo meok-kke ja-geun geu-reut du-gae-reul ju-se-yo]
我們想要分著吃，請給兩個小碗。

↳ 나눠서 덜어 먹게 작은 그릇 2개를 주세요.
[na-nweo-seo deo-reo meok-kke ja-geun geu-reut du-gae-reul ju-se-yo]
我們想要分著吃，請給兩個小碗。

↳ 서로 나눠서 먹을 수 있게 그릇 2개를 주세요.
[seo-ro na-nweo-seo meo-geul ssu i-tkke geu-reut du-gae-reul ju-se-yo]
我們想要分著吃，請給兩個小碗。

＼주의！／

韓國當地人才知道的事 TOP3

- 術後、產後、消化不良時，韓國人有吃粥的習慣。
- 韓國獨有的甜鹹紅豆麵〔팥칼국수（pat-kal-guk-ssu）〕。
- 一年四季都可以隨時吃到紅豆粥。

當地人推薦的美味店家

本粥光明所下店（본죽 광명소하점）

韓文地址：경기 광명시 오리로 381

英文地址：381, Ori-ro, Gwangmyeong-si, Gyeonggi-do, Republic of Korea

營業時間：每日 09:00 - 21:00（國定假日除外）

鄰近的公車或地鐵站：水資源公社光明加壓廠（수자원공사광명가압장）公車站下車後徒步約 1.1 公里

*其他更多分店資訊，請掃描 QR Code 連結至本粥官網。

PART 3-5

韓定食

한정식

韓定食

한정식

031.mp3

聊聊美食的五四三

한정식［ han-jeong-sik；韓定食 ］源自**조선시대**［ jo-seon-si-dae；朝鮮時代 ］的宮廷料理，對於韓劇迷而言，應該都有看過**대장금**［ dae-jang-geum；大長今 ］這部經典**사극**［ sa-geuk；古裝劇 ］。大長今劇中每次出現的宮廷料理就是現今的韓定食。不僅如此，在朝鮮時代的**양반**［ yang-ban；兩班 ］貴族家中也能時常看到韓定食出現。據記載，韓定食的菜餚種類多達千種，菜色鮮豔繽紛，烹飪手藝更是極其多樣化，可謂韓版的滿漢全席。

韓定食其實沒有一套統一的標準，每家韓定食餐廳的菜色、種類、價格均有所不同。大致上會先上簡單的開胃菜，然後再上主食、副食、各式小菜及飯後水果等。有些韓定食餐廳會依照順序上菜，有些餐廳則是全部一次上桌。韓國的韓定食餐廳裝潢大多頗具朝鮮時代風貌，讓前來用餐的客人身處傳統木質韓屋中，一邊感受朝鮮時代的氛圍，一邊慢慢品嚐韓定食的美味。

推薦！朝恩家（조은집）

032.mp3

通常外國遊客會特地前往位於**인사동**［ in-sa-dong；仁寺洞 ］、**삼청동**［ sam-cheong-dong；三清洞 ］老街上的韓定食餐廳，雖然地理位置極佳，又可沿路欣賞老街美景，但位於熱門觀光景點上的韓定食餐廳價位卻不便宜。想要以接近一半的價格享用到道地韓定食的話，就千萬不可錯過位於**연세대학교**［ yeon-se-dae-hak-kkyo；延世大學 ］附近的朝恩家韓定食。

朝恩家韓定食是一整棟的建築，內部設計均以木質為主，韓定食的價位大概是其他韓定食餐廳的一半。別以為價格較低菜色種類就會減少，朝恩家韓定食的菜色及服務完全不馬虎。在韓定食上桌前，店家會特別提供一小碗**흰죽**［ hin-juk；白粥 ］及**과일**［ gwa-il；水果 ］當作開胃菜。

菜單
(메뉴)

033.mp3

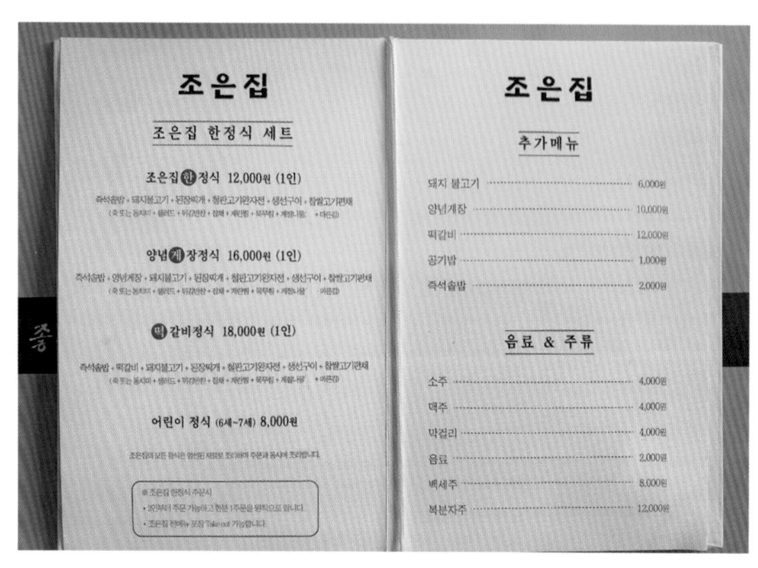

조은집 한정식
[jo-eun-jip han-jeong-sik]

朝恩家韓定食／套餐

돼지불고기
[dwae-ji-bul-go-gi]

烤豬肉

떡갈비 정식
[tteok-kkal-bi jeong-sik]

烤牛肉餅定食

양념게장
[yang-nyeom-ge-jang]

辣醬蟹

양념게장 정식
[yang-nyeom-ge-jang jeong-sik]

辣醬蟹定食

떡갈비
[tteok-kkal-bi]

牛肉餅

어린이 정식
[eo-ri-ni jeong-sik]

兒童定食

공기밥
[gong-gi-bap]

白飯

菜單 (메뉴)

즉석솥밥
[jeuk-sseok-ssot-ppap]
現做石鍋飯

음료
[eum-nyo]
飲料

소주
[so-ju]
燒酒

백세주
[baek-sse-ju]
百歲酒

맥주
[maek-jju]
啤酒

복분자주
[bok-ppun-ja-ju]
覆盆子酒

막걸리
[mak-kkeol-ri]
馬格利酒

實戰對話

034.mp3

1층 [il-cheung] 1 樓

직원：어서오세요. 몇 분이세요？ [eo-seo-o-se-yo. myeot bun-i-se-yo]

店員：歡迎光臨。請問幾位？

고객：안녕하세요. 2 명입니다. [an-nyeong-ha-se-yo. du-myeong-im-ni-da]

顧客：您好。共兩位。

직원：네. 2 층으로 올라가시면 됩니다.

[ne. i-cheung-eu-ro ol-ra-ga-si-myeon dwem-ni-da]

店員：好的。請往 2 樓上去即可。

2층 [i-cheung] 2 樓

고객：이모！아무데나 앉아도 되죠？

[i-mo! a-mu-de-na an-ja-do dwe-jyo]

顧客：姨母！隨便坐都可以嗎？

직원：네. 편한 자리에 앉으세요. 주문할 때 저를 불러 주세요.

[ne. pyeo-nan ja-ri-e an-jeu-se-yo. ju-mun-hal ttae jeo-reul bul-reo ju-se-yo]

店員：是的。請隨便坐。點餐的時候請再叫我。

고객：네. 알겠습니다. [ne. al-get-sseum-ni-da]

顧客：好的。知道了。

고객：이모！한정식과 떡갈비 정식을 주문할게요.

[i-mo! han-jeong-sik-kkwa tteok-kkal-bi jeong-si-geul ju-mun-hal-kke-yo]

顧客：姨母！我要點韓定食和烤牛肉餅定食。

직원：네. 정식이 나오기 전에 먼저 흰죽이랑 과일을 드세요. 한정식과 떡갈비 정식을 바로 준비해 드릴게요.

[ne. jeong-si-gi na-o-gi jeo-ne meon-jeo hin-ju-gi-rang gwa-i-reul deu-se-yo. han-jeong-sik-kkwa tteok-kkal-bi jeong-si-geul ba-ro jun-bi-hae deu-ril-kke-yo]

店員：好的。定食上桌前請先食用白粥和水果。馬上幫您準備韓定食及牛肉餅定食。

10분 후 [sip-ppun hu]

10 分鐘後

직원 : 한정식과 떡갈비 정식이 다 나왔습니다. 돌솥밥은 밥을 덜어 놓고 따뜻한 물을 돌솥에 부어놓고 드시면 됩니다. 맛있게 드세요.

[han-jeong-sik-kkwa tteok-kkal-bi jeong-si-gi da na-wat-sseum-ni-da. dol-sot-ppa-beun ba-beul deo-reo no-ko tta-tteu-tan mu-reul dol-so-te bu-eo-no-ko deu-si-myeon dwem-ni-da. ma-sit-kke deu-se-yo]

店員：韓定食和牛肉餅定食全部都上桌了。先將石鍋飯的白飯挖出，再將熱水倒入石鍋內就可以食用了。請享用。

고객 : 네. 잘 먹겠습니다. 감사합니다.

[ne. jal meok-kket-sseum-ni-da. gam-sa-ham-ni-da]

顧客：好的。我要開動了。謝謝

來練習點餐吧！

小知識

1.朝恩家韓定食

韓國的韓定食通常會將主食、各式小菜及湯品一次上桌，大概會有 10 種不同的小菜。

2.白粥暖胃

其實並不是每家韓定食都會提供白粥暖胃，但朝恩家特別提供白粥先讓客人暖胃後才會將主食及小菜上桌。

3.鍋巴飯

每個人都會有一份鍋巴飯，鍋巴飯上桌後，先把白飯盛到碗內。

4.倒入熱水

鍋巴飯上桌時，店家會提供一壺熱水，在倒熱水時務必小心避免被燙到。

5.鍋巴湯

由於鍋巴飯緊黏在鍋壁上，倒入熱水燜數分鐘後，就是鍋巴湯了。

6.道地吃法

韓國人的道地吃法就是將鍋巴飯和魚肉一口吃下。

7.必吃的招牌牛肉餅

牛肉餅算是副主菜，通常是加點才吃得到。口感有一點像漢堡肉，但吃起來會比漢堡肉更扎實。

換句話說

035.mp3

① 2층으로 올라가시면 됩니다.
[i-cheung-eu-ro ol-ra-ga-si-myeon dwem-ni-da] 請上 2 樓即可。

↳ 3층으로 올라가시면 됩니다.
[sam-cheung-eu-ro ol-ra-ga-si-myeon dwem-ni-da] 請上 3 樓即可。

↳ 1층으로 내려가시면 됩니다.
[il-cheung-eu-ro nae-ryeo-ga-si-myeon dwem-ni-da] 請下 1 樓即可。

② 주문할 때 저를 불러 주세요. [ju-mun-hal ttae jeo-reul bul-reo ju-se-yo]
要點餐的時候請叫我。

↳ 주문할 때 다시 불러 주세요. [ju-mun-hal ttae da-si bul-reo ju-se-yo]
要點餐的時候請再叫我。

↳ 주문할 때 벨을 눌러 주세요. [ju-mun-hal ttae be-reul nul-reo ju-se-yo]
要點餐的時候請按服務鈴。

③ 한정식과 떡갈비 정식을 주문할게요.
[han-jeong-sik-kkwa tteok-kkal-bi jeong-si-geul ju-mun-hal-kke-yo]
我要點韓定食和牛肉餅定食。

↳ 양념게장 정식과 돼지불고기를 주문할게요.
[yang-nyeom-ge-jang jeong-sik-kkwa dwae-ji-bul-go-gi-reul ju-mun-hal-kke-yo]
我要點辣醬蟹定食和烤豬肉。

↳ 한정식과 어린이 정식을 주문할게요.
[han-jeong-sik-kkwa eo-ri-ni jeong-si-geul ju-mun-hal-kke-yo]
我要點韓定食和兒童定食。

④ 맛있게 드세요. [ma-sit-kke deu-se-yo] 請享用。

↳ 맛있게 식사하세요. [ma-sit-kke sik-ssa-ha-se-yo] 請享用。

↳ 맛있게 드십시오. [ma-sit-kke deu-sip-ssi-o] 請享用。

＼ 주의！／

韓國當地人才知道的事 TOP3

- 兒童定食適合幼稚園的學齡兒童。
- 每人都必須點一份定食。
- 누룽지〔nu-rung-ji；鍋巴〕對消化非常有益。

當地人推薦的 美味店家

朝恩家（조은집）

韓文地址：서울 서대문구 연희맛로 43

英文地址：43, Yeonhuimat-ro, Seodaemun-gu, Seoul, Republic of Korea

營業時間：每日 11:30 - 21:30（Break Time: 15:30~17:00）

鄰近的公車或地鐵站：地鐵二號、機場、京義中央線弘大入口站 3 號出口（홍대입구역 3번 출구）徒步約 1.4 公里

PART 3-6

烤牛肉 소고기구이

烤牛肉
소고기구이

036.mp3

聊聊美食的五四

來到韓國旅遊，必定要將傳統道地的**한국음식** [han-gug-eum-sik；韓式料理] 品嚐一輪。像是**한정식** [han-jeong-sik；韓定食] 、**삼계탕** [sam-gye-tang；蔘雞湯]、**닭갈비** [dak-kkal-bi；辣炒雞排]、**삼겹살구이** [sam-gyeop-ssal-gu-i；烤五花肉] 等。韓劇中總是可以看到大快朵頤吃著五花肉、配著燒酒的畫面，因此不少遊客來到韓國會親自體驗烤五花肉的樂趣。但除了烤豬肉之外，烤牛肉也很受韓國當地人喜愛。說到牛肉，就一定要提一下韓國最有名的**한우** [han-u；韓牛] 。韓牛因為是**국산** [guk-ssan；國產] ，價格不斐，常被韓國人當作逢年過節送禮的首選之一。韓國人送韓牛禮盒，除了代表對收禮者的最高敬意，也代表對方對於送禮者的重要性。

但收到韓牛禮盒後，必須自己在家裡親自烤來吃，多多少少有點不便。因此，不少韓國人會特地到烤肉店享用頂級烤韓牛。大多數烤韓牛餐廳都是以單點的方式點餐，並以每 100 公克為單位計價，導致結帳時很多人都會被帳單上的金額嚇一大跳。如果你想特地飛韓國品嚐韓牛的話，記得多抓一點預算，高檔韓牛的消費可是很驚人的！

推薦！吃到飽 808（무한리필 808）

037.mp3

大家都知道烤韓牛的價位十分昂貴，並非人人都輕易吃得起。因此，這次要特別推薦位於**디지털미디어시티역**［ di-ji-teol-mi-di-eo-ssi-ti-yeok；數位媒體城站 ］附近的吃到飽 808 烤牛肉餐廳。雖然它用的不是國產韓牛而是澳洲牛，但他們選用的澳洲牛跟韓牛一樣都是草飼牛。這家烤牛肉吃到飽分為兩個價位，一種是不含酒類及飲料的吃到飽，另一種則是含酒類及飲料的吃到飽。除了牛肉吃到飽外，還免費無限供應**김치말이국수**［ gim-chi-ma-ri-guk-ssu；辛奇湯麵 ］、**비빔국수**［ bi-bim-guk-ssu；拌麵 ］、**잔치국수**［ jan-chi-guk-ssu；宴會麵 ］、**누룽지탕**［ nu-rung-ji-tang；鍋巴湯 ］、**된장찌개**［ dwen-jang-jji-gae；大醬湯 ］。有別於其他吃到飽餐廳限制用餐時間為兩小時，吃到飽 808 則是破天荒可以用餐長達三小時之久。

菜單
(메뉴)

038.mp3

무한리필 808
호주&뉴질랜드 프리미엄 청정우

Main Menu
프리미엄 청정우 무제한 25.0
주류 및 음료 별도
프리미엄 청정우 무제한 32.0
주류 및 음료 포함
고기 제공량: 첫주문시 인원수x 1.5~2인분
추가주문시 1~2인분
1인 200g기준

Side Menu
김치말이국수
비빔국수
잔치국수
누룽지탕
된장찌개
[원산지 표시]
소고기 :호주&뉴질랜드
김치 : 중국산
쌀 : 국내산

Drink
탄산음료 2.0
소주 4.0
맥주 4.0
와인 25.0~150.0
글라스 와인 4.0
와인 콜키지 테이블당 1병 무료 입니다.

이용안내
호주&뉴질랜드산 등심과 안심으로 구성되며 이용시간은 3시간입니다.
메뉴선택은 테이블당 통일해야하며 변경은 불가능합니다.
고기와 식사를 제외한 모든것은 셀프로 운영됩니다.
남은음식에 대한 환경부담금 5,000원 있습니다.
인덕션 온도는 1~3단계로 써주세요.
불판이 탔을 경우에는 물을 붓고 스크래퍼로 긁어주세요.
와이파이는 KT-5G-C8A2 비밀번호는 dab52cz077입니다.

청정우 무제한 (주류 및 음료 별도)

[cheong-jeong-u mu-je-han (ju-ryu mit eum-nyo byeol-do)]

澳洲草飼牛吃到飽（不含酒類及飲料）

청정우 무제한 (주류 및 음료 포함)

[cheong-jeong-u mu-je-han (ju-ryu mit eum-nyo po-ham)]

澳洲草飼牛吃到飽（含酒類及飲料）

김치말이국수

[gim-chi-ma-ri-guk-ssu]

辛奇湯麵

누룽지탕

[nu-rung-ji-tang]

鍋巴湯

비빔국수

[bi-bim-guk-ssu]

拌麵

된장찌개

[dwen-jang-jji-gae]

大醬湯

菜單
(메뉴)

탄산음료
[tan-san-eum-nyo]
碳酸飲料

소주
[so-ju]
燒酒

맥주
[maek-jju]
啤酒

와인
[wa-in]
紅酒

잔치국수
[jan-chi-guk-ssu]
宴會麵

實戰對話

039.mp3

직원：어서오세요. 몇 분이세요？ [eo-seo-o-se-yo. myeot bun-i-se-yo]

店員：歡迎光臨。請問幾位？

고객：안녕하세요. 2 명입니다. [an-nyeong-ha-se-yo. du-myeong-im-ni-da]

顧客：您好。共兩位。

직원：편한 자리에 앉으시면 됩니다.
[pyeon-han ja-ri-e an-jeu-si-myeon dwem-ni-da]

店員：隨便坐都可以。

고객：네. 알겠습니다. [ne. al-get-sseum-ni-da]

顧客：好的。知道了。

직원：무한리필은 주류 및 음료 포함과 별도가 있습니다. [mu-han-ri-pi-reun ju-ryu mit eum-nyo po-ham-gwa byeol-do-ga it-sseum-ni-da]

店員：吃到飽有分為包含酒類、飲料和不包含酒類、飲料兩種。

고객：그냥 청정우 무한리필 기본 2인분 주세요. 그리고 콜라 한 병 주세요. [geu-nyang cheong-jeong-u mu-han-ri-pil gi-bon i-in-bun ju-se-yo. geu-ri-go kol-ra han byeong ju-se-yo]

顧客：我們要兩人份不含無限暢飲的草飼牛吃到飽。另外請給我一瓶可樂。

직원：네. 알겠습니다. 소고기 제외한 반찬은 셀프입니다. 그리고 메뉴판에 표시한 사이드 메뉴는 무료입니다. 주문하시면 만들어 드립니다. [ne. al-get-sseum-ni-da. so-go-gi je-we-han ban-cha-neun sel-peu-im-ni-da. geu-ri-go me-nyu-pan-e pyo-si-han sa-i-deu me-nyu-neun mu-ryo-im-ni-da. ju-mun-ha-si-myeon man-deu-reo deu-rim-ni-da]

店員：好的。知道了。除了牛肉之外，其餘小菜都是自助式。然後菜單上的副餐都是免費的，只要點餐我們就會為您製作餐點。

고객：네. 알겠습니다. [ne. al-get-sseum-ni-da]

顧客：好的。知道了。

직원：초벌한 소고기를 가져왔습니다. 인덕션 온도는 1단계부터 3단계로 사용하세요. [cho-beol-han so-go-gi-reul ga-jeo-wat-sseum-ni-da. in-deok-ssyeon on-do-neun il-dan-gye-bu-teo sam-dan-gye-ro sa-yong-ha-se-yo]

店員：炙燒牛肉拿過來了。電磁爐溫度請使用 1 段至 3 段。

고객 : 네. 비빔국수를 하나 먼저 주세요. 혹시 많이 매워요? [ne. bi-bim-guk-ssu-reul ha-na meon-jeo ju-se-yo. hok-ssi ma-ni mae-wo-yo]

顧客：好的。請先給我一份拌麵。請問會很辣嗎？

직원 : 적당합니다. 비빔국수를 바로 준비해 드리겠습니다. [jeok-ttang-ham-ni-da. bi-bim-guk-ssu-reul ba-ro jun-bi-hae deu-ri-get-sseum-ni-da]

店員：辣度適中。馬上為您準備拌麵。

소고기 추가 주문 시 [so-go-gi chu-ga ju-mun si]

加點牛肉時

고객 : 여기요. 소고기를 더 주세요. (먹고 싶은만큼 주문 가능) [yeo-gi-yo. so-go-gi-reul deo ju-se-yo. (meok-kko si-peun-man-keum ju-mun ga-neung)]

顧客：先生。請再給我牛肉。（想吃多少都可以）

직원 : 소고기가 여기 있습니다. 더 주문하실 때 말씀해 주세요. [so-go-gi-ga yeo-gi it-sseum-ni-da. deo ju-mun-ha-sil ttae mal-sseum-hae ju-se-yo]

店員：牛肉在這裡。加點的時候請再告訴我。

來練習點餐吧！

小知識

040.mp3

1.烤牛肉

❶ 구이판 [gu-i-pan] 烤盤
❷ 버터 [beo-teo] 奶油
❸ 스텐고기받침 [seu-ten-go-gi-bat-chim] 不鏽鋼置肉架

2.電磁爐+烤盤

通常在韓國吃烤肉都是用炭火居多，若使用電磁爐烤肉的話，牛肉受熱才會較為均勻，就不會吃到過老的牛肉。

3.牛肉＋各式小菜

烤肉食材和小菜都可以在自助吧自取，牛肉及副餐則是需要向店員索取。

4.牛肉烤法

在烤牛肉之前，先將奶油均勻塗在烤盤上，然後再烤牛肉。烤到半熟時，再用剪刀將牛肉剪成容易入口的大小。

5.食用方法

除了可以直接食用牛肉的原味外，也可以沾粗鹽或特製辣醬一起食用。

6.韓式拌麵

除了韓式拌麵外，其餘各式副餐均可無限加點。

7.道地吃法

韓國人在吃韓式拌麵的時候，通常都會將拌麵跟牛肉一起夾著吃。

음주운전

절대 안됩니다 !

換句話說

① 콜라 한 병 주세요. [kol-ra han byeong ju-se-yo] 請給我一瓶可樂。

↳ 사이다 한 병 주세요. [sa-i-da han byeong ju-se-yo] 請給我一瓶汽水。

↳ 소주 한 병 주세요. [so-ju han byeong ju-se-yo] 請給我一瓶燒酒。

② 초벌한 소고기를 가져왔습니다.
[cho-beol-han so-go-gi-reul ga-jeo-wat-sseum-ni-da] 炙燒牛肉送到了。

↳ 살짝 익힌 소고기를 가져왔습니다.
[sal-jjak i-kin so-go-gi-reul ga-jeo-wat-sseum-ni-da] 全熟牛肉送到了。

↳ 조금 구운 소고기를 가져왔습니다.
[jo-geum gu-un so-go-gi-reul ga-jeo-wat-sseum-ni-da] 半熟牛肉送到了。

③ 인덕션 온도는 1단계부터 3단계로 사용하세요.
[in-deok-ssyeon on-do-neun il-dan-gye-bu-teo sam-dan-gye-ro sa-yong-ha-se-yo]
電磁爐溫度請使用 1 段至 3 段。

↳ 인덕션 온도는 1단계부터 3단계로 설정하세요.
[in-deok-ssyeon on-do-neun il-dan-gye-bu-teo sam-dan-gye-ro seol-jeong-ha-se-yo]
電磁爐溫度請設定 1 段至 3 段。

↳ 인덕션 온도는 1단계부터 3단계로 이용하세요.
[in-deok-ssyeon on-do-neun il-dan-gye-bu-teo sam-dan-gye-ro i-yong-ha-se-yo]
電磁爐溫度請使用 1 段至 3 段。

④ 더 주문하실 때 말씀해 주세요. [deo ju-mun-ha-sil ttae mal-sseum-hae ju-se-yo]
加點的時候請再告訴我。

↳ 더 시키실 때 말씀해 주세요. [deo si-ki-sil ttae mal-sseum-hae ju-se-yo]
加點的時候請再告訴我。

↳ 더 필요하실 때 말씀해 주세요. [deo pi-ryo-ha-sil ttae mal-sseum-hae ju-se-yo]
需要的時候請再告訴我。

＼주의！／

韓國當地人才知道的事 TOP3

- 這家烤牛肉吃到飽下午五點才營業，中午時段請勿前往。
- 若剩餘太多食材的話，可能會被店家要求支付額外費用。
- 用餐完畢，記得使用芳香噴霧除去衣物上的烤肉味。

當地人推薦的
美味店家

吃到飽 808 （무한리필808）

韓文地址：서울 마포구 월드컵북로50길 9

英文地址：9, World Cup buk-ro 50-gil, Mapo-gu, Seoul, Republic of Korea

營業時間：每日 17:00 - 24:00（國定假日公休）

預約電話：02-3152-8085

鄰近的公車或地鐵站：地鐵六號、機場、京義中央線數位媒體城站 9 號出口（디지털미디어시티역 9번 출구）徒步約 405 公尺

PART 3-7

部隊鍋 부대찌개

部隊鍋

부대찌개

042.mp3

聊聊美食的五四三

大家是不是很好奇**부대찌개**［bu-dae-jji-gae；部隊鍋］為什麼會叫做部隊鍋，難道跟軍隊有關嗎？沒錯！部隊鍋的起源就是來自駐韓美軍基地，別名**존슨탕**［jon-seun-tang；約翰遜湯］二戰後朝鮮半島被美蘇以北緯 38 度線為界分別管理，而成南韓及北韓，美國在現今京畿道議政府市地區設置了很多美軍基地。韓戰期間物資嚴重匱乏，美軍基地內剩下多餘的**쏘세지**［sso-se-ji；香腸］、**햄**［haem；火腿］、**치즈**［chi-jeu；起司］等西方食材，就成為民眾比較容易取得的食材。在那個時期，香腸、火腿又稱為**부대고기**［bu-dae-go-gi；部隊肉］，被拿來取代真正的肉類。當時民眾將這些西方食材搭配自製辣醬煮成一鍋肉湯，解決當時無肉可吃的窘境。

不過，沒想到韓戰時期不得不退而求其次的選擇，今日竟成為韓國男女老少喜愛的一道料理。由於韓劇及韓綜節目中時常出現部隊鍋，隨著韓流開始盛行，大家來韓國旅遊時，一定會把部隊鍋列入必吃的口袋名單之一。現今的部隊鍋除了保有當時的香腸、火腿、起司等食材外，還會加入各種食材一起烹煮。常見的食材有**다짐육**［da-ji-mnyuk；絞肉］、**김치**［gim-chi；辛奇］、**양파**［yang-pa；洋蔥］、**양배추**［yang-bae-chu；高麗菜］、**베이컨**［be-i-keon；培根］、**라면**［ra-myeon；泡麵］、**떡**［tteok；年糕］、**두부**［du-bu；豆腐］、**베이크드빈스**［be-i-keu-deu-bin-seu；焗豆］等。

推薦！88 部隊鍋（88 부대찌개）

大家來韓國自助旅遊前，多半會事先查好旅遊期間要吃什麼韓式料理，肯定也會爬文到很多連鎖部隊鍋的介紹文章。那為什麼會特別介紹這家 88 部隊鍋呢? 88 部隊鍋的總店設立於京畿道光明市，是由一對夫妻攜手創業。雖然店面用餐空間不大，但每到用餐時段總是會出現客滿的盛況。強力推薦的主要原因非常簡單，就是份量十足、價格便宜、味道好吃、吃法獨特。

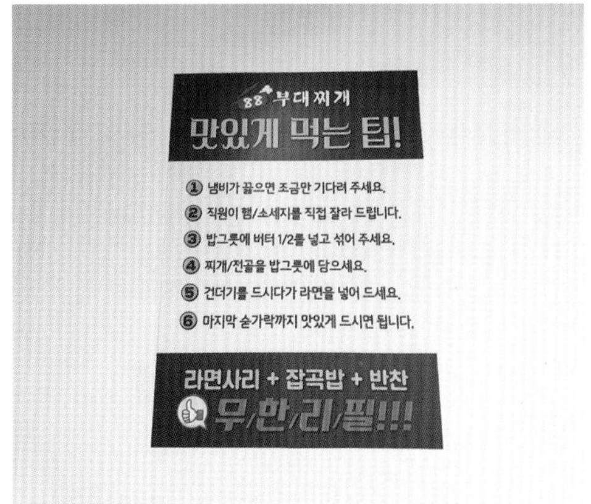

菜單
(메뉴)

043.mp3

88 부대찌개

88 등심 부대전골	(중) 34,000
	(대) 42,000
88 우삼겹 부대전골	(중) 32,000
	(대) 40,000
88 부대찌개	(1인분) 8,000
88 부대전골	(1인분) 9,000
88 부대볶음	(1인분) 9,000
88 우삼겹 부대볶음	(1인분) 12,000
베이컨 철판볶음	(한판) 24,000
치즈 계란말이	6,000

사이드메뉴

어린이 주먹밥	3,000
등심사리	10,000
우삼겹사리	8,000
만두사리	3,000
햄사리	5,000
쏘세지사리	5,000
	5,000
햄섞어사리	5,000
라면사리	1,000
당면사리	1,000

주류 및 음료

소주	4,000
맥주	4,000
음료수	2,000

부대찌개
[bu-dae-jji-gae]

部隊鍋

부대전골
[bu-dae-jeon-gol]

部隊火鍋

부대볶음
[bu-dae-bo-kkeum]

辣炒部隊鍋

우삼겹 부대볶음
[u-sam-gyeop bu-dae-bo-kkeum]

辣炒牛五花肉部隊鍋

베이컨 철판볶음
[be-i-keon cheol-pan-bo-kkeum]

鐵板辣炒培根

치즈 계란말이
[chi-jeu gye-ran-ma-ri]

起司煎蛋捲

어린이 주먹밥
[eo-ri-ni ju-meok-ppap]

兒童拳頭飯糰

등심사리
[deung-sim-sa-ri]

加點里肌

菜單 (메뉴)

우삼겹사리
[u-sam-gyeop-ssa-ri]

加點牛五花

만두사리
[man-du-sa-ri]

加點餃子

햄사리
[haem-sa-ri]

加點火腿

쏘세지사리
[sso-se-ji-sa-ri]

加點香腸

햄섞어사리
[haem-seo-kkeo-sa-ri]

加點綜合火腿

라면사리
[ra-myeon-sa-ri]

加點泡麵

당면사리
[dang-myeon-sa-ri]

加點冬粉

소주
[so-ju]

燒酒

맥주
[maek-jju]

啤酒

음료수
[eum-nyo-su]

飲料

實戰對話

044.mp3

사장님：어서오세요. 몇 분이세요? [eo-seo-o-se-yo . myeot bu-ni-se-yo]

老闆：歡迎光臨。請問幾位？

고객：안녕하세요. 2 명입니다. [an-nyeong-ha-se-yo. du-myeong-im-ni-da]

顧客：您好。兩位。

사장님：편한 자리에 앉으시면 됩니다.
[pyeon-han ja-ri-e an-jeu-si-myeon dwem-ni-da]

老闆：請隨便找位子坐。

고객：사장님！부대전골 2인분 주세요.
[sa-jang-nim! bu-dae-jeon-gol i-in-bun ju-se-yo]

顧客：老闆！請給我們兩人份部隊火鍋。

사장님：네. 먼저 반찬을 준비해 드리겠습니다. 부대전골은 좀 기다려 주세요. [ne. meon-jeo ban-cha-neul jun-bi-hae deu-ri-get-sseum-ni-da. bu-dae-jeon-go-reun jom gi-da-ryeo ju-se-yo]

老闆：好的。我先為你們準備小菜。部隊火鍋請稍等。

---

5 분 후[o-bun hu]

5 分鐘後

사장님：주문하신 부대전골이 나왔습니다. 잡곡밥, 라면사리, 반찬은 모두 무한리필입니다. 필요하실 때 불러 주세요. [ju-mu-na-sin bu-dae-jeon-go-ri na-wat-sseum-ni-da. jap-kkok-ppap, ra-myeon-sa-ri, ban-cha-neun mo-du mu-han-li-pi-rim-ni-da. pi-ryo-ha-sil ttae bul-reo ju-se-yo]

老闆：部隊火鍋上桌了。雜糧飯、泡麵、小菜全部都是無限量供應。有需要的時候請再叫我。

고객：네. 알겠습니다. 여기 가성비 정말 좋네요.
[ne. al-get-sseum-ni-da. yo-gi ga-song-bi jong-mal jon-ne-yo]

顧客：好的。知道了。這裡的 CP 值真高。

사장님：맛있게 먹는 팁을 알려 드리겠습니다. 밥그릇에 버터를 1／2 넣고 비벼 주시고 부대전골을 밥그릇에 넣어 드시면 더 맛있습니다. [ma-sit-kke meong-neun ti-beul al-lyeo deu-ri-get-sseum-ni-da. bap-kkeu-reu-se beo-teo-reul i bun-e-il neo-ko bi-byeo ju-si-go bu-dae-jeon-go-reul bap-kkeu-reu-se neo-eo deu-si-myeon deo ma-sit-sseum-ni-da]

老闆：告訴你們好吃的秘訣。先將二分之一的奶油放在飯上攪拌，再把部隊火鍋放在飯上一起吃會更好吃。

고객：사장님！혹시 지금 먹어도 되나요?

[sa-jang-nim! hok-ssi ji-geum meo-geo-do dwe-na-yo]

顧客：老闆！請問現在可以吃了嗎?

사장님：잠시만요. 햄을 잘라 드릴게요. 지금 드시면 됩니다. [jam-si-man-nyo. hae-meul jal-la deu-ril-ge-yo. ji-geum deu-si-myeon dwem-ni-da]

老闆：請稍等一下。我幫你們把火腿剪一剪。現在可以吃了。

고객：네. 잘 먹겠습니다. [ne. jal meok-kket-sseum-ni-da]

顧客：好的。我要開動了。

20 분 후[i-sip-ppun hu]

20 分鐘後

고객：사장님！라면사리랑 국물을 좀 더 주세요.

[sa-jang-nim! ra-myeon-sa-ri-rang gung-mu-reul jom deo ju-se-yo]

顧客：老闆！請再給我們泡麵和一些湯。

사장님：네. 싱거운 것 같아서 부대전골 소스도 같이 드리겠습니다. [ne. sing-geo-un geot ga-ta-seo bu-dae-jeon-gol so-seu-do ga-chi deu-ri-get-sseum-ni-da]

老闆：好的。加湯後可能會太清淡，部隊火鍋醬料也一起給你們。

고객：네. 감사합니다. [ne. gam-sa-ham-ni-da]

顧客：好的。謝謝。

小知識

1.獨家吃法

每個人都會有一碗紫米飯，店家會提供奶油，把奶油與熱騰騰的紫米飯攪拌均勻即可

2.桌邊服務

老闆會視時間親自幫客人將火腿、培根剪成容易入口的大小，若覺得味道不夠，還可以請店家加重口味。

3.道地吃法①

部隊鍋煮熟後，把部隊鍋加在拌有奶油的紫米飯上一起吃會更好吃。

4.道地吃法②

撒上大量海苔一起吃的話，口感更佳！

5.重頭戲一泡麵

通常部隊鍋吃到一半的時候，會請店家加水，然後煮泡麵吃。

6.保證後悔

來吃部隊鍋沒有搭配泡麵的話，保證會後悔的！

看餐點學個單字

045.mp3

★部隊鍋

1. 어묵무침 [eo-mung-mu-chim] 涼拌魚板
2. 미역무침 [mi-yeong-mu-chim] 涼拌海帶芽
3. 냄비 [naem-bi] 鍋具
4. 치즈 [chi-jeu] 起司
5. 햄 [haem] 火腿
6. 베이컨 [be-i-keon] 培根
7. 콩나물무침 [kong-na-mul-mu-chim] 涼拌豆芽菜

換句話說

① 먼저 반찬을 준비해 드리겠습니다.
[meon-jeo ban-cha-neul jun-bi-hae deu-ri-get-sseum-ni-da]
先為你們準備小菜。

↳ 먼저 시원한 물을 준비해 드리겠습니다.
[meon-jeo si-wo-nan mu-reul jun-bi-hae deu-ri-get-sseum-ni-da]
先為你們準備涼水。

↳ 먼저 잡곡밥을 준비해 드리겠습니다.
[meon-jeo jap-kkok-ppa-beul jun-bi-hae deu-ri-get-sseum-ni-da]
先為你們準備雜糧飯。

② 주문하신 부대전골이 나왔습니다.
[ju-mu-na-sin bu-dae-jeon-go-ri na-wat-sseum-ni-da]
你們點的部隊火鍋上桌了。

↳ 주문하신 치즈 계란말이 나왔습니다.
[ju-mu-na-sin chi-jeu gye-ran-ma-ri na-wat-sseum-ni-da]
你們點的起司煎蛋捲上桌了。

↳ 주문하신 어린이 주먹밥이 나왔습니다.
[ju-mu-na-sin eo-ri-ni ju-meok-ppa-bi na-wat-sseum-ni-da]
你們點的兒童拳頭飯糰上桌了。

③ 잡곡밥은 무한리필입니다. [jap-kkok-ppa-beun mu-han-ri-pi-rim-ni-da]
雜糧飯是無限量供應。

↳ 라면사리는 무한리필입니다.
[ra-myeon-sa-ri-neun mu-han-ri-pi-rim-ni-da]
泡麵是無限量供應。

↳ 반찬은 무제한입니다.
[ban-cha-neun mu-je-ha-nim-ni-da]
小菜是無限量供應。

④ 필요하실 때 불러 주세요. [pi-ryo-ha-sil ttae bul-reo ju-se-yo]
有需要的時候請再叫我 。

↳ 추가 주문하실 때 불러 주세요.
[chu-ga ju-mu-na-sil ttae bul-reo ju-se-yo]
加點的時候請再叫我。

↳ 도움이 필요하실 때 불러 주세요.
[do-u-mi pi-ryo-ha-sil ttae bul-reo ju-se-yo]
需要幫忙的時候請再叫我。

＼ 주의！／
韓國當地人才知道的事 TOP3

- 部隊鍋的低消通常是兩人份，在韓國一個人會非常難吃到部隊鍋。
- 泡麵、雜糧飯、小菜均為無限量供應。
- 吃部隊鍋絕對要加泡麵。

當地人推薦的

美味店家

88 部隊鍋所下洞總店 （88부대찌개 소하동본점）

韓文地址：경기 광명시 소하로76번길 7 (우심프라자) 104호

英文地址：No.104, 7, Soha-ro 76beon-gil, Gwangmyeong-si, Gyeonggi-do, Republic of Korea

營業時間：每日 11:00 - 22:00 (Break Time: 15:30~17:00)

預約電話：02-897-8840（可接受預約）

鄰近的公車或地鐵站：水資源公社光明加壓廠（수자원공사광명가압장）公車站下車後徒步約 438 公尺

PART 3-8
家常飯
가정식 백반

家常飯
가정식 백반

047.mp3

聊聊美食的五四三

大家可能對**가정식 백반**[ga-jeong-sik baek-ppan；家常飯]、**백반집**[baek-ppan-jip；家常飯餐廳]感到比較陌生，一般外國旅客來韓國旅遊時也比較不會特地去嚐鮮。主要是大家不曉得有這種餐廳外，更不清楚家常飯究竟是什麼。藉由這次機會，特地向大家介紹一下廣受韓國人喜愛的家常飯到底是怎麼樣的料理。

雖然「**백반**（baek-ppan）」的字面意思是「白米飯」，但他們可不是只有賣白飯。「**백반**」在韓國餐廳通常是指定食，包含一樣主菜、一碗白飯、各式配菜以及湯品。家常飯顧名思義就是一般家中常見的菜色，家常飯餐廳賣的就是這些料理，並且幾乎每天都會推出不一樣的菜色供客人食用。當韓國人因工作的關係長期住在外地又想家時，就會去這種家常飯餐廳用餐。在家常飯餐廳吃到家鄉的味道，就彷彿回到家，在家裡吃飯一樣，讓外地的人得以藉此獲得慰藉。

家常飯還有一個特點就是 CP 值很高，在這邊可以用平價的價格吃到一份道地的定食料理。便宜又吃得飽，還能品嘗到許多餐廳沒有的小菜。大家來韓國旅遊時是不是應該來嚐鮮一下呢？

推薦！青潭谷（청담골）

048.mp3

韓國節目식객 허영만의 백반기행[sik-kkaek ho-yong-ma-ne baek-ppan-gi-haeng；食客許英萬的家常飯遊記] 自 2019 年開播以來，每集均會和來賓一起實地探訪各地知名的家常飯餐廳。這檔節目不僅讓家常飯受到大家的矚目，也吸引了外國旅客的注意，然而這次要特別介紹隱藏於富人區的平價家常飯。

청담골[cheong-dam-kkol；青潭谷] 家常飯餐廳位於地段極好且富人密度極高的江南區青潭洞，宛如台北信義區般的江南區竟然也有如此平價的國民美食餐廳。雖然青潭谷隱藏於青潭洞巷弄內，但從店內牆上滿滿的拍立得合影就可以得知，這家店有多麼受到韓國政商名流及藝人們的喜愛。

青潭谷的菜單均以韓文、日文及中文標示，看得出來這家家常飯也廣受外國人的青睞，即使不會說韓語也不用擔心點餐問題。很難想像在青潭洞也能夠吃到一萬韓幣以下的家常飯定食，不要再誤會青潭洞只有昂貴的知名餐廳了！

049.mp3

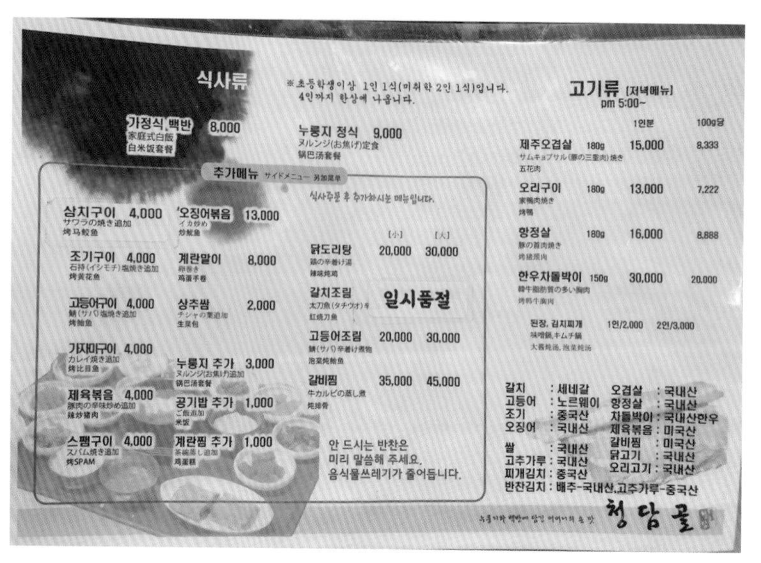

가정식 백반

[ga-jeong-sik baek-ppan]

家常飯定食

누룽지 정식

[nu-rung-ji jeong-sik]

鍋巴定食

삼치구이

[sam-chi-gu-i]

烤鯖魚

조기구이

[jo-gi-gu-i]

烤黃魚

고등어구이

[go-deung-eo-gu-i]

烤青花魚

제육볶음

[je-yuk-ppo-kkeum]

辣炒豬肉

스팸구이

[seu-paem-gu-i]

烤火腿

오징어볶음

[o-jing-eo-bo-kkeum]

炒魷魚

菜單
(메뉴)

계란말이
[gye-ran-ma-ri]

煎蛋捲

상추쌈
[sang-chu-ssam]

生菜包飯

누룽지 추가
[nu-rung-ji chu-ga]

加點鍋巴

공기밥 추가
[gong-gi-bap chu-ga]

加點白飯

계란찜 추가
[gye-ran-jjim chu-ga]

加點蒸蛋

닭도리탕
[dakt-to-ri-tang]

辣燒雞湯

갈치조림
[gal-chi-jo-rim]

辣燉白帶魚

고등어조림
[go-deung-eo-jo-rim]

辣燉青花魚

갈비찜
[gal-bi-jjim]

燉排骨

제주오겹살
[je-ju-o-gyeop-ssal]

濟州五花肉

오리구이
[o-ri-gu-i]

烤鴨肉

항정살
[hang-jeong-sal]

豬頸肉

한우차돌박이
[han-u-cha-dol-ba-gi]

韓牛胸肉

된장찌개
[dwen-jang-jji-gae]

大醬湯

김치찌개
[gim-chi-jji-gae]

辛奇湯

實戰對話

직원：어서오세요. 몇 분이세요？ [eo-seo-o-se-yo. myeot bu-ni-se-yo]

店員：歡迎光臨。請問幾位？

고객：안녕하세요. 2 명입니다. [an-nyeong-ha-se-yo. du-myeong-im-ni-da]

顧客：您好。共兩位。

직원：이쪽 자리가 시원합니다. 이쪽으로 앉으세요.
[i-jjok ja-ri-ga si-won-ham-ni-da. i-jjo-geu-ro an-jeu-se-yo]

店員：這邊位子涼快，請坐這邊。

고객：네. 알겠습니다. [ne. al-get-sseum-ni-da]

顧客：好。我知道了。

직원：주문하시겠습니까？ [ju-mu-na-si-get-sseum-ni-kka]

店員：請問要點餐了嗎？

고객：가정식 백반 2인분이랑 고등어구이 하나 주세요.
[ga-jeong-sik baek-ppan i-in-bu-ni-rang go-deung-eo-gu-i ha-na ju-se-yo]

顧客：請給我們兩人份家常飯定食和一份烤青花魚。

직원：안 드시는 반찬이 있으시면 미리 말씀 부탁 드립니다. [an deu-si-neun ban-cha-ni i-sseu-si-myeon mi-ri mal-sseum bu-tak deu-rim-ni-da]

店員：如果有不吃的小菜，請事先告知。

고객：괜찮습니다. [gwaen-chan-sseum-ni-da]

顧客：我們都可以。

직원：잠시만 기다려 주세요. [jam-si-man gi-da-ryeo ju-se-yo]

店員：請稍後。

10분 후 [sip-bun hu]

10 分鐘後

직원：주문하신 메뉴들이 다 나왔습니다. 맛있게 드세요. [ju-mu-na-sin me-nyu-deu-ri da na-wat-sseum-ni-da. ma-sit-kke deu-se-yo]

店員：您們點的餐點上齊了。請享用。

고객 : 혹시 반찬 더 먹어도 되나요? [hok-ssi ban-chan deo meo-geo-do dwe-na-yo]

顧客：請問小菜能夠再續嗎？

직원 : 네. 필요하시면 말씀해 주세요.

[ne. pi-ryo-ha-si-myeon mal-sseum-hae ju-se-yo]

店員：可以。有需要的話，請告知。

20 분 후 [i-sip-ppun hu]

20 分鐘後

고객 : 저기요~ 고사리나물반찬을 조금만 더 주세요.

[jeo-gi-yo go-sa-ri-na-mul-ban-cha-neul jo-geum-man deo ju-se-yo]

顧客：小姐～ 請再給我一點點涼拌蕨菜小菜。

직원 : 네. 준비해 드리겠습니다. [ne. jun-bi-hae deu-ri-get-sseum-ni-da]

店員：好的。替您準備。

來練習點餐吧！

小知識

1.海苔包飯絕配

韓國人通常都會用海苔包飯來吃

2.계란찜 蒸蛋

[gye-ran-jjim]

3.김치찌개 辛奇湯

[gim-chi-jji-gae]

4.고등어구이 烤青花魚

[go-deung-eo-gu-i]

5.가정식 백반 家常飯

[ga-jeong-sik baek-ppan]

家常飯顧名思義就是在家可以常吃到的料理，家常飯隨附的小菜也是一般韓國家庭中常見的小菜，然而家常飯隨附的小菜會不定期變更，不會一成不變。

看餐點學個單字

051.mp3

★常出現的小菜 1

❶ 멸치볶음 [myeol-chi-bo-kkeum] 炒鯷魚
❷ 무무침 [mu-mu-chim] 涼拌蘿蔔
❸ 김치 [gim-chi] 辛奇
❹ 오징어젓갈 [o-jing-eo-jeot-kkal] 魷魚醬
❺ 스팸조림 [seu-paem-jo-rim] 醬火腿

★常出現的小菜 2

❶ 고사리무침 [go-sa-ri-mu-chim] 涼拌蕨菜
❷ 콩나물무침 [kong-na-mul-mu-chim] 涼拌豆芽
❸ 무말랭이 [mu-mal-raeng-i] 蘿蔔乾
❹ 김 [gim] 海苔
❺ 어묵볶음 [eo-muk-ppo-kkeum] 炒魚板
❻ 미역무침 [mi-yeong-mu-chim] 涼拌海帶芽

換句話說

① 이쪽으로 앉으세요. [i-jjo-geu-ro an-jeu-se-yo] 請坐這邊。

↳ 안쪽으로 앉으세요. [an-jjo-geu-ro an-jeu-se-yo] 請坐裡面。

↳ 마음에 드시는 곳으로 앉으세요.
[ma-eu-me deu-si-neun go-seu-ro an-jeu-se-yo] 請坐想坐的地方。

② 주문하시겠습니까？ [ju-mu-na-si-get-sseum-ni-kka] 請問要點餐了嗎？

↳ 주문 어떻게 하시나요？ [ju-mun eo-tto-ke ha-si-na-yo]
您要怎麼點餐？

↳ 주문 도와드리겠습니까？ [ju-mun do-wa-deu-ri-get-sseum-ni-kka]
請問可以幫您點餐嗎？

③ 안 드시는 반찬이 있으시면 미리 말씀 부탁 드립니다.
[an deu-si-neun ban-cha-ni i-sseu-si-myeon mi-ri mal-sseum bu-tak deu-rim-ni-da] 若有不吃的小菜的話，請事先告知。

↳ 못 드시는 반찬이 있으시면 미리 말씀 부탁 드립니다.
[mot deu-si-neun ban-cha-ni i-sseu-si-myeon mi-ri mal-sseum bu-tak deu-rim-ni-da] 若有不能吃的小菜的話，請事先告知。

↳ 원하지 않는 반찬이 있으시면 미리 말씀 부탁 드립니다.
[wo-na-ji an-neun ban-cha-ni i-sseu-si-myeon mi-ri mal-sseum bu-tak deu-rim-ni-da] 若有不想要的小菜的話，請事先告知。

④ 이쪽 자리가 시원합니다. [i-jjok ja-ri-ga si-won-ham-ni-da]
這邊位子涼快。

↳ 저쪽 자리가 덥습니다. [jeo-jjok ja-ri-ga deop-sseum-ni-da]
那邊位子悶熱。

↳ 안쪽 자리가 편합니다. [an-jjok ja-ri-ga pyeo-nam-ni-da]
裡面位子舒服。

＼ 주의！／

韓國當地人才知道的事 TOP3

- 中午用餐時段，只接受兩位以上的客人
- 烤肉類餐點僅晚間時段供應
- 提供代客停車服務

當地人推薦的 美味店家

青潭谷（청담골）

韓文地址：서울 강남구 선릉로148길 48

英文地址：48, Seolleung-ro 148-gil, Gangnam-gu, Seoul, Republic of Korea

營業時間：每日 10:30-21:50 (Break Time: 16:00~17:00)

預約電話：02-543-1252

鄰近的公車或地鐵站：地鐵七號線江南區廳站 4 號出口（강남구청역4번출구）徒步約 800 公尺，或地鐵七號線青潭站 8 號出口（청담역 8번출구）徒步約 900 公尺

발레파킹 서비스를
제공합니다！

PART 3-9

生魚片 회

生魚片
회

053.mp3

聊聊美食的五四三

雖然회［hwe；生魚片］不是我們所熟知的韓國道地料理之一，但韓國人對生魚片的喜愛程度不亞於烤五花肉。儘管首爾不鄰近海邊，仍可在首爾街上看到不少회집［hwe-jip；生魚片餐廳］。通常這些生魚片餐廳都會在店門口擺放好幾個수족관［su-jok-kkwan；水族箱］，裡面裝滿活跳跳的各式新鮮어류［eo-ryu；魚類］以及해산물［hae-san-mul；海產］。客人點餐完後，店家就會直接從水族箱內抓出新鮮的魚類或海產做各式料理。

除此之外，住在首爾市區內的民眾，也會前往位於銅雀區著名的노량진수산물시장［no-ryang-jin-su-san-mul-si-jang；鷺梁津水產市場］選購各式海鮮。由於該市場鄰近鷺梁津地鐵站，深獲首爾市民的喜愛。不僅如此，民眾還可直接在鷺梁津水產市場內品嚐現煮的各式海鮮料理。

然而仁川鄰近항구［hang-gu；港口］，不少韓國民眾甚至會特地前往港口附近的해수욕장［hae-su-yok-jjang；海水浴場］，享用完新鮮生魚片後，還可以選擇在海邊戲水或是坐在咖啡廳內欣賞海景、品嚐咖啡及甜點。

推薦！耽羅綜合魚市場（탐나종합어시장）

054.mp3

來韓國首爾旅遊突然想吃生魚片，但又不想為了吃生魚片耗費幾個小時車程往返鄰近的海水浴場，這時候**탐나종합어시장**［tam-na-jong-hab-eo-si-jang；耽羅綜合魚市場］肯定是您的首選。

耽羅綜合魚市場於 2015 年在首爾禿山洞成立創始店，短短幾年間已擁有超高知名度，市佔率也是全韓國之冠，目前已有多達 50 間分店的規模。總公司秉持每天直送新鮮各式海產至各分店的原則，客人絲毫不用擔心海產的品質與新鮮度。

除了可以隨時享用到新鮮生魚片之外，耽羅綜合魚市場的價格更是平易近人，遠比水產市場及海水浴場便宜許多。不僅生魚片種類豐富，還有許多餐點可以自由選擇。依個人需求提供內用、**포장**［po-jang；外帶］及**배달**［bae-dal；外送］等多樣化服務。

菜單
(메뉴)

055.mp3

광연이	줄돔
[gwang-yeo-ni]	[jul-dom]
比目魚+鮭魚	條石鯛、海膽鯛

우연이	도다리
[u-yeo-ni]	[do-da-ri]
石斑魚+鮭魚	木葉鰈、扁魚、皇帝魚

광우연	아나고
[gwang-u-yeon]	[a-na-go]
比目魚+石斑魚+鮭魚	星康吉鰻、海鰻

광우세트	방어
[gwang-u-se-teu]	[bang-eo]
比目魚+石斑魚	魴魚、五條鰤、青甘魚

菜單
(메뉴)

숭어
[sung-eo]
鯔魚

도미
[do-mi]
鯛魚

농어
[nong-eo]
日本真鱸、七星鱸

찰광어
[chal-gwang-eo]
大菱鮃、比目魚、多寶魚

점성어
[jeom-ssong-eo]
紅鼓魚

멍게
[meong-ge]
海鞘

해삼
[hae-sam]
海參

개불
[gae-bul]
海腸

전복
[jeon-bok]
鮑魚

소라
[so-ra]
海螺

산낙지
[san-nak-jji]
活章魚（長腕小章魚）

가리비
[ga-ri-bi]
扇貝

알밥
[al-bap]
魚卵飯

회덮밥
[hwe-deop-ppap]
生魚片蓋飯

菜單
(메뉴)

통우럭매운탕
[tong-u-reong-mae-un-tang]

石斑魚辣魚湯

초밥
[cho-bap]

壽司

서더리탕
[so-deo-ri-tang]

魚骨湯

새우구이
[sae-u-gu-i]

烤鮮蝦

활어회무침
[hwa-reo-hwe-mu-chim]

鮮魚涼拌生魚片

문어숙회
[mu-neo-su-kwe]

燙章魚片

활문어
[hwal-mu-neo]

活章魚
※大章魚。

소라무침
[so-ra-mu-chim]

涼拌海螺

왕새우튀김
[wang-sae-u-twi-gim]

炸大蝦

탐나세트
[tam-na-se-teu]

耽羅套餐（活魚 1 種＋海產 3 種＋鮭魚＋壽司＋涼拌生魚片）

實戰對話

056.mp3

직원 : 어서오세요. 몇 분이세요 ? [eo-seo-o-se-yo. myeot bu-ni-se-yo]

店員：歡迎光臨。請問幾位？

고객 : 안녕하세요. 2 명입니다. [an-nyeong-ha-se-yo. du-myeong-im-ni-da]

顧客：您好。共兩位。

직원 : 빈자리에 앉으시면 됩니다. [bin-ja-ri-e an-jeu-si-myeon dwem-ni-da]

店員：空位都可以坐。

고객 : 네.알겠습니다. [ne. al-get-sseum-ni-da]

顧客：好。我知道了。

직원 : 주문하시겠습니까 ? [ju-mu-na-si-get-sseum-ni-kka]

店員：請問要點餐了嗎？

고객 : "우연이" 주세요. 매운탕은 따로 주문할게요.

[u-yeo-ni ju-se-yo. mae-un-tang-eun tta-ro ju-mun-hal-kke-yo]

顧客：請給我"石斑魚+鮭魚生魚片"。辣魚湯另外點。

직원 : 통우럭매운탕 따로 주문하시면 만원입니다.

[tong-u-reong-mae-un-tang tta-ro ju-mun-ha-si-myeon man-won-im-ni-da]

店員：另外點石斑魚辣魚湯的話要一萬韓幣。

고객 : 그럼 매운탕도 같이 주세요. [geu-reom mae-un-tang-do ga-chi ju-se-yo]

顧客：那麼請一起給我辣魚湯。

직원 : 1인당 천원씩 상차림 비용이 있습니다.

[i-rin-dang cheon-won-ssik sang-cha-rim bi-yong-i it-sseum-ni-da]

店員：有每人一千韓幣的擺桌費用。

고객 : 네. 알겠습니다. [ne. al-get-sseum-ni-da]

顧客：好。知道了。

직원 : 먼저 상차림 준비해 드리겠습니다.

[meon-jeo sang-cha-rim jun-bi-hae deu-ri-get-sseum-ni-da]

店員：先幫你們準備擺桌。

10 분 후 [sip-bun hu]

10 分鐘後

직원 : 주문하신 “우연이”가 나왔습니다. 맛있게 드세요.

[ju-mu-na-sin u-yeo-ni-ga na-wat-sseum-ni-da. ma-sit-kke deu-se-yo]

店員：您點的“石斑魚+鮭魚生魚片”上桌了。請享用。

고객 : 진로소주 한병 주세요. [jil-ro-so-ju han-byeong ju-se-yo]

顧客：請給我一瓶真露燒酒。

직원 : 네. 신분증 확인 부탁 드립니다.

[ne. sin-bun-jeung hwa-gin bu-tak deu-rim-ni-da]

店員：好。請提供身份證確認。

고객 : 네. 저는 이미 30대 초반인데요. ㅋㅋㅋ

[ne. jeo-neun i-mi sam-sip-dae cho-ba-nin-de-yo. kkk]

顧客：好。我已經是 30 出頭了。呵呵呵。

來練習點餐吧！

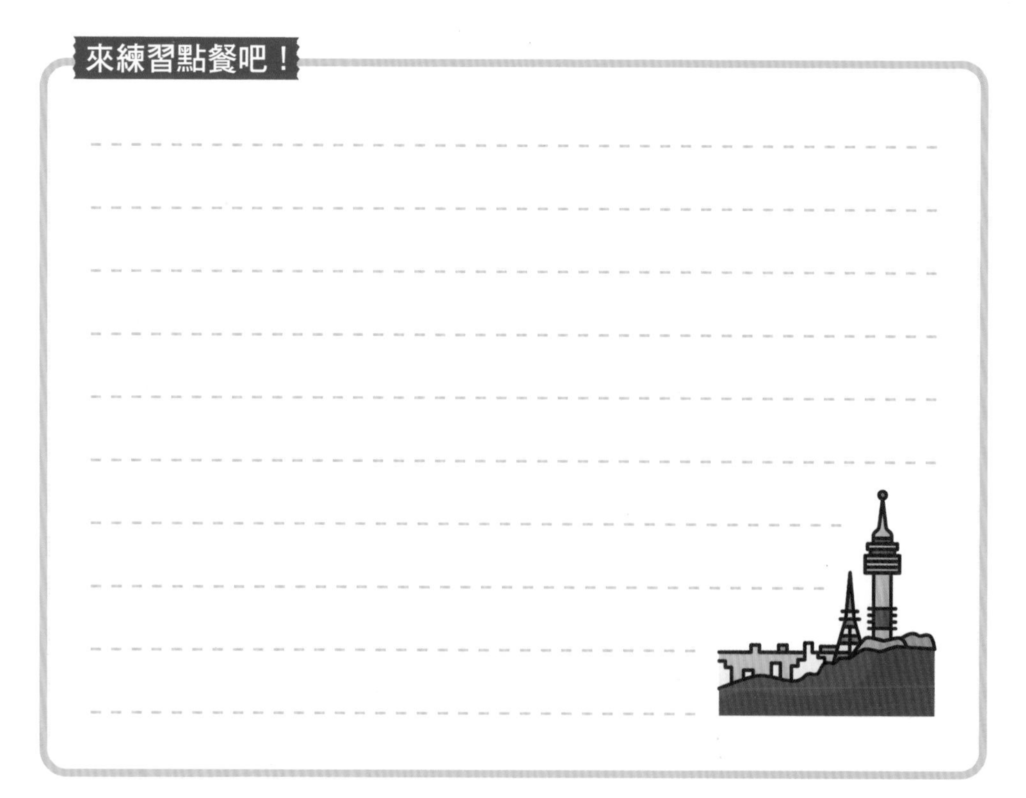

小知識

1.石斑魚生魚片+鮭魚生魚片（우연이）

在韓國連生魚片都可以點半半口味，可以一次品嚐到石斑魚生魚片和鮭魚生魚片。在韓國吃生魚片也是附上滿桌的韓式小菜。

2.炒蠶蛹+鹽烤秋刀魚

大多數的生魚片餐廳可能都會提供鹽烤秋刀魚，但僅有少數的餐廳會提供炒蠶蛹。

3.路邊攤蠶蛹 v.s 炒蠶蛹

路邊攤的蠶蛹通常都是用一個紙杯裝起來，附上一支竹籤就可以邊走邊吃。然而，蠶蛹與三蔬一起快炒後，除了腥味被去除外，外觀看起來也比較不可怕。

4.연어 [yeo-neo] 鮭魚

5.辣魚湯

只要加價即可品嚐到辣魚湯，通常一鍋辣魚湯足以供 2~3 人吃都沒問題。

6.真材實料的辣魚湯

通常辣魚湯內會有帶骨魚肉、蔥、金針菇及蔬菜等，辣魚湯會越滾越鹹，覺得太鹹時，可以加些開水進去。

看餐點學個單字

057.mp3

★小菜

1. 고추장 [go-chu-jang] 辣椒醬
2. 생강초절임 + 락교 [saeng-gang-cho-jeo-rim + rak-kkyo] 醋醃生薑 + 蕗蕎
3. 마늘 [ma-neul] 蒜頭
4. 미역국 [mi-yeok-kkuk] 海帶芽湯
5. 양파절임 [yang-pa-jeo-rim] 醃洋蔥
6. 고추 [go-chu] 辣椒
7. 상추 [sang-chu] 生菜
8. 완두 [wan-du] 碗豆
9. 콘샐러드 [kon-ssael-reo-deu] 玉米粒沙拉
10. 와사비 [wa-sa-bi] 芥末

換句話說

058.mp3

① 통우럭매운탕 따로 주문하시면 만원입니다.
[tong-u-reong-mae-un-tang tta-ro ju-mun-ha-si-myeon man-won-im-ni-da]
另外點石斑魚辣魚湯的話要一萬韓幣。

↳ 멍게 따로 주문하시면 6천원입니다.
[meon-gge tta-ro ju-mun-ha-si-myeon yuk-cheon-won-im-ni-da]
另外點海囊的話要六千韓幣。

↳ 초밥 따로 주문하시면 5천원입니다.
[cho-bap tta-ro ju-mun-ha-si-myeon o-cheon-won-im-ni-da]
另外點壽司的話要五千韓幣。

② 먼저 상차림 준비해 드리겠습니다.
[meon-jeo sang-cha-rim jun-bi-hae deu-ri-get-sseum-ni-da] 先幫你們準備擺桌。

↳ 먼저 반찬 준비해 드리겠습니다.
[meon-jeo ban-chan jun-bi-hae deu-ri-get-sseum-ni-da] 先幫你們準備小菜。

↳ 먼저 수저 준비해 드리겠습니다.
[meon-jeo su-jeo jun-bi-hae deu-ri-get-sseum-ni-da] 先幫您們準備筷匙。

③ 진로소주 한병 주세요. [jil-ro-so-ju han-byeong ju-se-yo]
請給我一瓶真露燒酒。

↳ 맥주 한병 주세요. [maek-jju han-byeong ju-se-yo]
請給我一瓶啤酒。

↳ 막걸리 한병 주세요. [mak-kkeol-ri han-byeong ju-se-yo]
請給我一瓶馬格利酒。

④ 저는 이미 30대 초반인데요. [jeo-neun i-mi sam-sip-dae cho-ba-nin-de-yo]
我已經是 30 出頭了。

↳ 저는 올해 20대 중반인데요. [jeo-neun o-lae i-sip-dae jung-ba-nin-de-yo]
我今年 20 歲中段班了。

↳ 저는 벌써 20살인데요. [jeo-neun beol-sseo seu-mu-sa-rin-de-yo]
我已經 20 歲了。

\ 주의！/

韓國當地人才知道的事 TOP3

- 通常單點生魚片後即可加購享用辣魚湯。
- 韓國人吃生魚片都會搭配燒酒。
- 每人會額外收取一千韓幣的擺桌費。

PART 3 (9) 生魚片・회

當地人推薦的 美味店家

耽羅綜合魚市場鐵山站店（탐나종합어시장 철산역점）

韓文地址：경기 광명시 철산로 20 야우리빌딩 1층 104호

英文地址：20, Cheolsan-ro, Gwangmyeong-si, Gyeonggi-do, Republic of Korea

營業時間：每日 11:40 - 02:00

預約電話：02-2613-3600

鄰近的公車或地鐵站：地鐵七號線鐵山站 1 號出口（철산역 1번출구）徒步約 40 公尺

*其他更多分店資訊，請掃描 QR Code 連結至耽羅綜合魚市場官網。

PART 3-10
蔘雞湯
삼계탕

蔘雞湯
삼계탕

059.mp3

聊聊美食的五四三

삼계탕〔sam-gye-tang；蔘雞湯〕是韓國傳統道地美食之一，也是一道可以輕鬆在家完成的料理。烹飪時只要在整隻雞腹中塞入**찹쌀**〔chap-ssal；糯米〕，搭配**대추**〔dae-chu；紅棗〕、**생강**〔saeng-gang；生薑〕、**마늘**〔ma-neul；大蒜〕及**인삼**〔in-sam；人蔘〕一起經長時間燉煮即可完成這道傳統韓式料理。

每當寒流來襲或氣溫驟降時，台灣人通常會吃薑母鴨、羊肉爐、燒酒雞、麻油雞等美食進補。相反的，韓國人會選擇在一年當中最炎熱的三天吃蔘雞湯進補，這三天分別是**초복**〔cho-bok；初伏〕、**중복**〔jung-bok；中伏〕、**말복**〔mal-bok；末伏〕。韓國人深信，在一年當中最炎熱的這三天吃蔘雞湯，可以將體內不好的東西隨著汗水一起排出，這種「以熱治熱」的作法，可以有效驅趕體內所有寒氣。

推薦！三代蔘雞匠人（3대삼계장인）

060.mp3

這幾年為了推廣韓服文化，韓國政府推出穿**한복**〔han-bok；韓服〕即可免費參觀景福宮的政策。因此許多觀光客來到韓國，通常會到景福宮附近租借韓服，然後再去參觀景福宮。等到逛完景福宮肚子差不多也餓了，就會前往附近的**토속촌삼계탕**〔to-sok-chon-sam-gye-tang；土俗村蔘雞湯〕享用熱騰騰的蔘雞湯。雖然有很多家蔘雞湯店，但觀光客仍以土俗村蔘雞湯為首選。這次想向大家特別推薦，一家位於首爾瑞草區的 **3대삼계장인**〔sam-dae-sam-gye-jang-in；三代蔘雞匠人〕百年名店。

有別於一般蔘雞湯店僅提供單一菜單，也就是包含雞肉、糯米、紅棗、人蔘等的基本款蔘雞湯。三代蔘雞匠人的蔘雞湯共有三種，分別是**잣삼계탕**〔jat-ssam-gye-tang；松子蔘雞湯〕、**녹두삼계탕**〔nok-ttu-sam-gye-tang；綠豆蔘雞湯〕 及**쑥삼계탕**〔ssuk-ssam-gye-tang；艾草蔘雞湯〕。松子蔘雞湯的湯頭顏色跟一般蔘雞湯的顏色一樣偏白，烹調時加入大量松子一起熬煮；綠豆蔘雞湯的湯頭雖然也是白色的，但因為加了綠豆一起熬煮，看起來會有點像綠豆湯的淺綠色；艾草蔘雞湯因加入艾草一起熬煮，湯頭呈現很明顯的草綠色。三代蔘雞匠人的蔘雞湯與一般蔘雞湯店最大的差別在於他們沒有賣一般吃得到的基本款蔘雞湯，僅提供松子蔘雞湯、綠豆蔘雞湯及艾草蔘雞湯。這三種蔘雞湯都是其他店不太容易吃到的口味，而且很少蔘雞湯店能一次提供以上這三種蔘雞湯種類！

菜單（메뉴）

061.mp3

잣삼계탕
[jat-ssam-gye-tang]

松子蔘雞湯

녹두삼계탕
[nok-ttu-sam-gye-tang]

綠豆蔘雞湯

쑥삼계탕
[ssuk-ssam-gye-tang]

艾草蔘雞湯

수비드닭볶음탕
[su-bi-deu-dak-ppo-kkeum-tang]

真空低溫燉雞湯

대륜가야곡왕주
[dae-ryun-ga-ya-gog-wang-ju]

大輪伽耶谷王酒（13 度）

※有淡淡香氣的百濟傳統酒。

이강주
[i-gang-ju]

梨薑酒（19 度）

※用鬱金、梨子、生薑長時間熟成的朝鮮名酒。

황금보리소주
[hwang-geum-bo-ri-so-ju]

黃金大麥燒酒（17 度）

※使用100%大麥釀造的金堤蒸餾酒。

명인안동소주
[myeong-in-an-dong-so-ju]

名人安東燒酒（22 度）

※用安東地區優質水源與稻米熟成的蒸餾酒。

菜單
(메뉴)

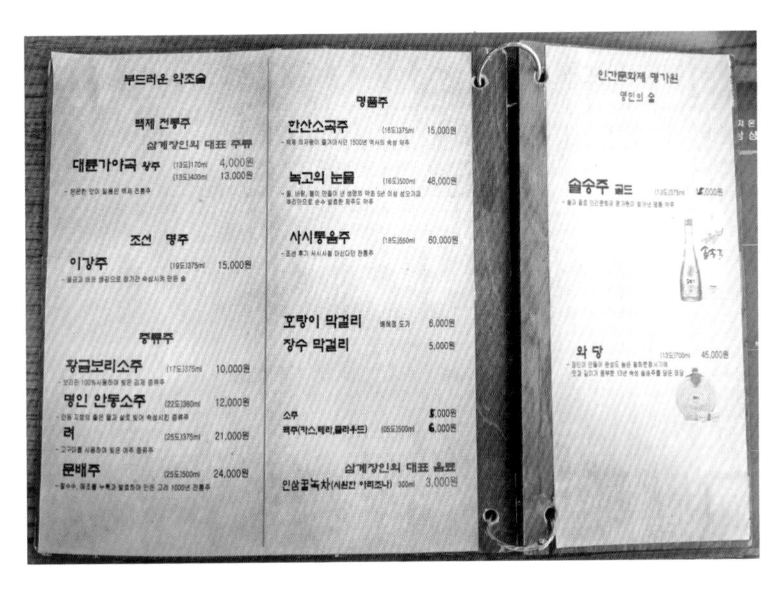

려
[ryeo]

驪（25 度）
※用地瓜釀造的驪州蒸餾酒。

문배주
[mun-bae-ju]

文杯酒（25 度）
※用黏高粱、黃粱酵母發酵製造的高麗千年傳統酒。

한산소곡주
[han-san-so-gok-jju]

韓山素谷酒（16 度）
※百濟義慈王愛喝的熟成藥酒，有一千五百年歷史。

솔송주
[sol-song-ju]

松葉酒

사시통음주
[sa-si-tong-eum-ju]

四時通飲酒
※朝鮮後期一年四季喝的傳統酒。

호랑이막걸리
[ho-rang-i-mak-kkeol-ri]

老虎馬格利酒

장수막걸리
[jang-su-mak-kkeol-r]

長壽馬格利酒

소주
[so-ju]

燒酒

맥주
[maek-jju]

啤酒

實戰對話

062.mp3

식당과 통화 시 [sik-ttang-gwa tong-hwa si]
與餐廳通話時

고객：안녕하세요. 주차장이 있나요？
[an-nyeong-ha-se-yo. ju-cha-jang-i in-na-yo]
顧客：您好。請問有停車場嗎？
직원：식당 뒤쪽에 기계식 주차장이 있습니다.
[sik-ttang dwi-jjo-ge gi-gye-sik ju-cha-jang-i it-sseum-ni-da]
店員：餐廳後方有機械式停車場。
고객：알겠습니다. 주차해서 바로 식당에 들어갈게요.
[al-get-sseum-ni-da. ju-cha-hae-seo ba-ro sik-ttang-e deu-reo-gal-kke-yo]
顧客：知道了。停好車後馬上去餐廳。

식당 내 [sik-ttang nae]
餐廳內

직원：안녕하세요. 몇 분이세요？[an-nyeong-ha-se-yo. myeot bu-ni-se-yo]
店員：您好。請問幾位？
고객：2명입니다. [du-myeong-im-ni-da]
顧客：兩位。
직원：따뜻한 안쪽 자리에 앉으세요. [tta-tteu-tan an-jjok ja-ri-e an-jeu-se-yo]
店員：請坐裡面溫暖的位子。
고객：주문할게요. 녹두삼계탕이랑 쑥삼계탕으로 주세요. [ju-mun-hal-kke-yo. nok-ttu-sam-gye-tang-i-rang ssuk-ssam-gye-tang-eu-ro ju-se-yo]
顧客：我要點餐。請給我綠豆蔘雞湯和艾草蔘雞湯。
직원：점심 시간이라 고객들이 많기 때문에 좀 기다리셔야 합니다.
[jeom-sim si-ga-ni-ra go-gaek-tteu-ri man-ki ttae-mu-ne jom gi-da-ri-syeo-ya ham-ni-da]
店員：由於午餐時間客人較多的關係，需要稍等一會。

20 분 후 [i-sip-ppun hu]
20 分鐘後

직원：주문하신 녹두삼계탕이랑 쑥삼계탕이 나왔습니다. 맛있게 드세요.
[ju-mun-ha-sin nok-ttu-sam-gye-tang-i-rang ssuk-ssam-gye-tang-i na-wat-sseum-ni-da. ma-sit-kke deu-se-yo]
店員：您點的綠豆蔘雞湯及艾草蔘雞湯上桌了。請慢用。
고객：감사합니다. [gam-sa-ham-ni-da]
顧客：謝謝。
직원：삼계탕에 찹쌀밥을 넣어서 같이 먹으면 맛있어요. 좀 싱거우면 소금을 조금 넣어 드세요.
[sam-gye-tang-e chap-ssal-ba-beul neo-eo-seo ga-chi meo-geu-myeon ma-si-sseo-yo. jom sing-geo-u-myeon so-geu-meul jo-geum neo-eo deu-se-yo]
店員：在蔘雞湯內加入糯米飯一起吃的話會更好吃。若口味有點淡的話，請放少許鹽巴一起用。
고객：찹쌀밥은 추가되나요？[chap-ssal-ba-beun chu-ga-dwe-na-yo]
顧客：糯米飯可以加點嗎？
직원：찹쌀밥은 무한리필입니다. [chap-ssal-ba-beun mu-han-ri-pi-rim-ni-da]
店員：糯米飯是無限量供應。
고객：감사합니다. [gam-sa-ham-ni-da]
顧客：謝謝。

來練習點餐吧！

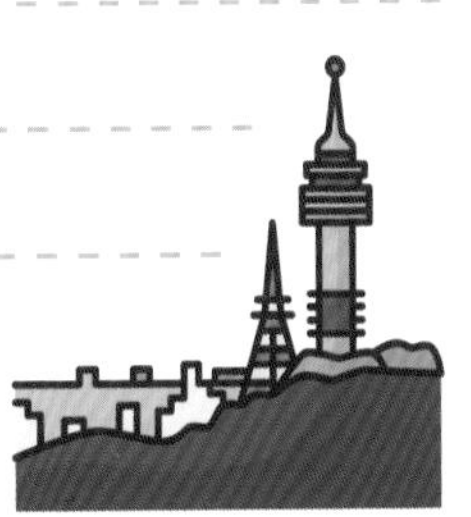

小知識

1.綠豆蔘雞湯與艾草蔘雞湯

通常蔘雞湯餐廳所附的小菜大同小異，但這家店有另外提供糯米飯，想吃多少都可以。

2.結帳用號碼牌

有別於一般餐廳會直接將帳單放在桌上，這裡則是使用木製號碼牌取代紙本帳單，既環保又別有特色。

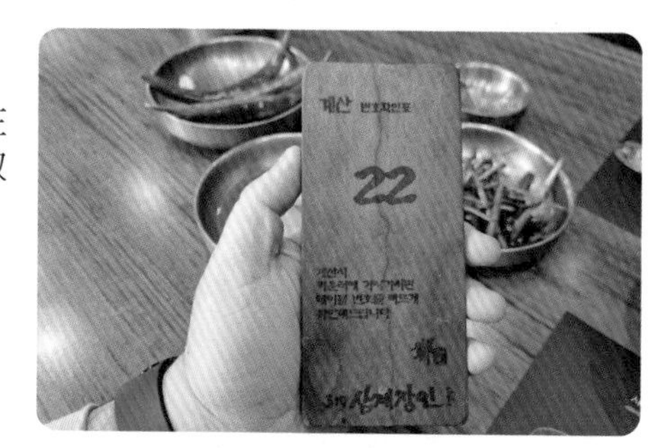

3.艾草蔘雞湯

由於蔘雞湯是以艾草為湯底，味道會比原味的蔘雞湯更加濃郁。

4.肉質超軟嫩

通常蔘雞湯都會使用全雞去燉煮，燉到輕輕用筷子一撥就可以將雞肉與骨頭分離。

5.最後再把糯米飯倒進去湯內

有別於一般的蔘雞湯，糯米通常會包裹在全雞內，但這裡則是另外提供糯米飯。

6.特製鹽巴

若覺得湯底或雞肉味道太淡時，都可以依照個人喜好添加適當的特製鹽巴。

換句話說

063.mp3

① 식당 뒤쪽에 기계식 주차장이 있습니다.
[sik-ttang dwi-jjo-ge gi-gye-sik ju-cha-jang-i it-sseum-ni-da]
餐廳後方有機械式停車場。

↳ 식당 뒤쪽에 전용 주차장이 있습니다.
[sik-ttang dwi-jjo-ge jeon-yong ju-cha-jang-i it-sseum-ni-da]
餐廳後方有專用停車場。

↳ 식당 뒤쪽에 무료 주차장이 있습니다.
[sik-ttang dwi-jjo-ge mu-ryo ju-cha-jang-i it-sseum-ni-da]
餐廳後方有免費停車場。

② 점심 시간이라 고객들이 많기 때문에 좀 기다리셔야 합니다.
[jeom-sim si-ga-ni-ra go-gaek-tteu-ri man-ki ttae-mu-ne jom gi-da-ri-syeo-ya ham-ni-da]
由於午餐時間客人較多的關係，要稍等一會。

↳ 식사 시간이라 고객들이 많기 때문에 약 15분 기다리셔야 합니다.
[sik-ssa si-ga-ni-ra go-gaek-tteu-ri man-ki ttae-mu-ne yak si-bo-bun gi-da-ri-syeo-ya ham-ni-da]
由於是用餐時間客人較多的關係，要等約 15 分鐘。

↳ 저녁 시간이라 예약이 많기 때문에 최소 30분 정도 기다리셔야 합니다.
[jeo-nyeok si-ga-ni-ra ye-ya-gi man-ki ttae-mu-ne chwe-so sam-sip-ppun jeong-do gi-da-ri-syeo-ya ham-ni-da]
由於晚餐時間客人較多的關係，至少要等 30 分鐘左右。

③ 좀 싱거우면 소금을 조금 넣어 드세요.
[jom sing-geo-u-myeon so-geu-meul jo-geum neo-eo deu-se-yo]
若有點淡的話，請放少許鹽巴食用。

↳ 좀 매콤하게 드시려면 후추를 조금 뿌리세요.
[jom mae-ko-ma-ge deu-si-ryeo-myeon hu-chu-reul jo-geum ppu-ri-se-yo]
若想要吃有點辣的話，請撒少許胡椒。

↳ 좀 칼칼하게 드시려면 후추를 살짝 넣으세요.
[jom kal-ka-la-ge deu-si-ryeo-myeon hu-chu-reul sal-jjak neo-eu-se-yo]
若想要吃有點辣的話，請放少許胡椒。

④ 찹쌀밥은 추가되나요？
[chap-ssal-ba-beun chu-ga-dwe-na-yo]
糯米飯可以加點嗎？

↳ 부추는 추가되나요？
[bu-chu-neun chu-ga-dwe-na-yo]
韭菜可以加點嗎？

↳ 무는 추가되나요？
[mu-neun chu-ga-dwe-na-yo]
蘿蔔可以加點嗎？

＼주의！／
韓國當地人才知道的事 TOP3

- 糯米飯可以免費續點。
- 記得避開平日中午用餐時段，以免排隊等候。
- 吃蔘雞湯時要撒上些許鹽巴才會更好吃。

當地人推薦的美味店家

三代蔘雞匠人總店（3대삼계장인）

韓文地址：서울 서초구 반포대로28길 56-3 1층

英文地址：56-3, Banpo-daero 28-gil, Seocho-gu, Seoul, Republic of Korea

營業時間：每日 10:30 - 22:00（Break Time：15:50 - 16:30）

預約電話：02-522-2270

鄰近的公車或地鐵站：地鐵二號線、三號線教大站 14 號出口（교대역 14번 출구）徒步約 277 公尺

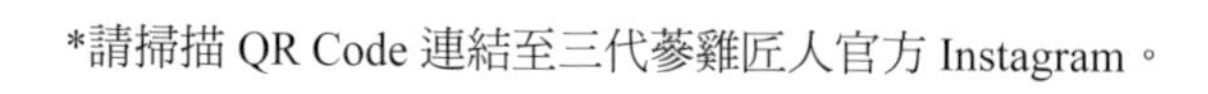
*請掃描 QR Code 連結至三代蔘雞匠人官方 Instagram。

PART 3-11

馬卡龍 마카롱

馬卡龍
마카롱

064.mp3

聊聊美食的五四三

來韓國旅遊逛街走累的時候，想必會去咖啡廳稍作歇息。除了知名連鎖**카페**［ ka-pe；咖啡廳 ］之外，近年來韓國人也非常喜歡去網美咖啡廳或網美甜點店度過下午茶時光。但是去咖啡廳每次都只是喝喝**커피**［ keo-pi；咖啡 ］、吃吃**케이크**［ ke-i-keu；蛋糕 ］的話，其實也有點無趣。近年來韓國女生開始著迷**마카롱**［ ma-ka-rong；馬卡龍 ］，不僅會特地去尋找馬卡龍甜點店，甚至還會去報名馬卡龍手做課程。可想而知，馬卡龍有多麼受到韓國女生的喜愛！

大家都知道，馬卡龍是法國知名**디저트**［ di-jeo-teu；甜點 ］。其實馬卡龍最初是出現在義大利的修道院。據說當時有位修女為了代替葷食，特地以**행인 가루**［ haeng-in ga-ru；杏仁粉 ］來製作，所以又可稱為修女的馬卡龍。直到二十世紀初期，巴黎的一名甜點師傅發明另一種方式來呈現馬卡龍，利用**샌드위치**［ saen-deu-wi-chi；三明治 ］的夾法，將甜餡料夾於小圓餅之間，並透過**향미료**［ hyang-mi-ryo；香料 ］及**색소**［ saek-sso；色素 ］的使用、濕度控制，改良成外殼口感酥脆，內部卻柔軟濕潤的甜點。改良後的馬卡龍直徑約 3.5 至 4 公分，也就是現今我們所熟知的馬卡龍。

推薦！恍惚馬卡龍專賣店（황홀스레）

065.mp3

雖然在網路上可以查到很多相關的資訊，但應該不少外國旅客來到韓國，還是會想要實地探訪韓國當地人才會去的口袋名單。這次要介紹位於京畿道仁川廣域市富平區的恍惚馬卡龍專賣店，這家馬卡龍專賣店主要是以外帶及網路訂購為主。

恍惚馬卡龍專賣店的特色是馬卡龍的厚度比一般的馬卡龍更為厚實，所以又可稱為**뚱카롱**［ ttung-ka-rong；胖卡龍 ］。除了每天手工製作各式各樣的馬卡龍之外，也會烘焙**빵**［ ppang；麵包 ］、**치즈케이크**［ chi-jeu-ke-i-keu；起司蛋糕 ］等，想喝咖啡或飲料也都可以。這家馬卡龍專賣店不僅在當地非常有名，在網路上也是獲得滿滿好評。

菜單
(메뉴)

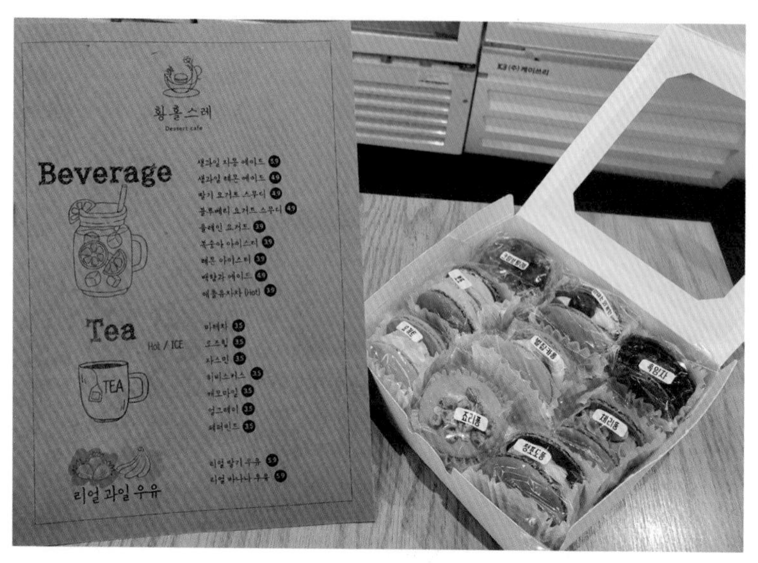

민트초코마카롱
[min-teu-cho-ko-ma-ka-rong]
薄荷巧克力馬卡龍

브라우니마카롱
[beu-ra-u-ni-ma-ka-rong]
布朗尼馬卡龍

치즈케이크마카롱
[chi-jeu-ke-i-keu-ma-ka-rong]
起司蛋糕馬卡龍

천연벌집마카롱
[cheon-yeon-beol-jjib-ma-ka-rong]
天然蜂巢馬卡龍

순수우유마카롱
[sun-su-u-yu-ma-ka-rong]
純牛奶馬卡龍

솔티카라멜마카롱
[sol-ti-ka-ra-mel-ma-ka-rong]
海鹽焦糖馬卡龍

크림브륄레마카롱
[keu-rim-beu-rwil-re-ma-ka-rong]
奶油烤布蕾馬卡龍

인절미마카롱
[in-jol-mi-ma-ka-rong]
黃豆粉糕馬卡龍

菜單 (메뉴)

초코가나슈마카롱
[cho-ko-ga-na-syu-ma-ka-rong]

巧克力甘納許馬卡龍

녹차가나슈마카롱
[nok-cha-ga-na-syu-ma-ka-rong]

綠茶甘納許馬卡龍

딸기우유마카롱
[ttal-gi-u-yu-ma-ka-rong]

草莓牛奶馬卡龍

청포도마카롱
[cheong-po-do-ma-ka-rong]

青葡萄馬卡龍

블루베리마카롱
[beul-ru-be-ri-ma-ka-rong]

藍莓馬卡龍

말차초코마카롱
[mal-cha-cho-ko-ma-ka-rong]

抹茶巧克力馬卡龍

수제다쿠아즈
[su-je-da-ku-a-jeu]

手工達克瓦茲

수제쿠키
[su-je-ku-ki]

手工餅乾

스콘
[seu-kon]

司康

르뱅
[reu-baeng]

Levain bakery
※軟餅乾。

마들렌
[ma-deul-ren]

瑪德蓮蛋糕

바스크 치즈케이크 (글루텐프리)
[ba-seu-keu chi-jeu-ke-i-keu (geul-ru-ten-peu-ri)]

巴斯克乳酪蛋糕（無添加麩質）

實戰對話

067.mp3

직원：어서오세요. [eo-seo-o-se-yo]

店員：歡迎光臨。

고객：안녕하세요. 마카롱 주문하려고 하는데 혹시 메뉴판이 있나요？
[an-nyeong-ha-se-yo. ma-ka-rong ju-mu-na-ryeo-go ha-neun-de hok-ssi me-nyu-pa-ni in-na-yo]

顧客：您好。我想要買馬卡龍，請問有菜單嗎？

직원：메뉴판은 여기 있습니다. 천천히 보세요.
[me-nyu-pa-neun yeo-gi it-sseum-ni-da. cheon-cheo-ni bo-se-yo]

店員：菜單在這裡。請慢看。

고객：네. 감사합니다. [ne. gam-sa-ham-ni-da]

顧客：好。謝謝。

3 분 후 [sam-bun hu]

3 分鐘後

고객：마카롱 종류가 너무 많아서 추천해 줄 수 있을까요？ [ma-ka-rong jong-nyu-ga no-mu ma-na-seo chu-cheo-nae jul ssu i-sseul-kka-yo]

顧客：因為馬卡龍種類太多，可以推薦一下嗎？

직원：치즈케이크마카롱, 천연벌집마카롱과 딸기우유마카롱을 추천해 드립니다. 다른 종류도 맛있어요. [chi-jeu-ke-i-keu-ma-ka-rong, cheon-yeon-beol-jjib-ma-ka-rong-gwa ttal-gi-u-yu-ma-ka-rong-eul chu-cheo-nae deu-rim-ni-da. da-reun jong-nyu-do ma-si-sseo-yo]

店員：推薦起司蛋糕馬卡龍、天然蜂巢馬卡龍和草莓牛奶馬卡龍給您。其他種類也很好吃。

고객：그럼 세트가 있나요？ [geu-reom sse-teu-ga in-na-yo]

顧客：那麼有盒裝的嗎？

직원：9구 세트가 있습니다. [gu-gu sse-teu-ga it-sseum-ni-da]

店員：有 9 入盒裝。

고객：마카롱 종류를 선택할 수 있을까요？
[ma-ka-rong jong-nyu-reul seon-tae-kal ssu i-sseul-kka-yo]

顧客：可以選擇馬卡龍種類嗎？

직원 : 죄송합니다. 세트는 랜덤입니다.
[jwe-song-ham-ni-da. sse-teu-neun raen-deom-im-ni-da]
店員：抱歉。盒裝是隨機的。
고객 : 네. 알겠습니다. [ne. al-get-sseum-ni-da]
顧客：好。知道了。
직원 : 한 세트를 준비해 드릴까요?
[han sse-teu-reul jun-bi-hae deu-ril-kka-yo]
店員：準備一盒給您嗎？
고객 : 두 세트 주세요. 마카롱을 제외하고 추천할 디저트도 있나요?
[du sse-teu ju-se-yo. ma-ka-rong-eul je-we-ha-go chu-cheo-nal di-jeo-teu-do in-na-yo]
顧客：請給我兩盒。除了馬卡龍之外，還有推薦的甜點嗎？
직원 : 저희 치즈케이크도 맛있어요. 추천해 드립니다.
[jeo-hi chi-jeu-ke-i-keu-do ma-si-sseo-yo. chu-cheo-nae deu-rim-ni-da]
店員：我們的起司蛋糕也很好吃。推薦給您。
고객 : 치즈케이크도 같이 포장해 주세요. 감사합니다.
[chi-jeu-ke-i-keu-do ga-chi po-jang-hae ju-se-yo. gam-sa-ham-ni-da]
顧客：起司蛋糕也請幫我包一份。謝謝。

來練習點餐吧！

小知識

1. 마카롱 [ma-ka-rong] 馬卡龍

通常中間的內餡口味都不一樣，大家可以依照個人喜好選擇口味。店家製作馬卡龍時全程均會配戴手套。

2. 馬卡龍製作過程

店家直接公開實際製作馬卡龍的過程，首先需要先把馬卡龍餅殼烤出來。

3. 馬卡龍半成品

把剛做好的內餡夾在兩片餅殼中間。

4. 馬卡龍成品

依照馬卡龍口味，有些會在餅殼上面放上些許堅果裝飾。

5. 外帶用保冷袋

因為在店內所購買的馬卡龍都是從冷凍庫拿出來的，若沒有使用保冷袋包裝的話，馬卡龍可能會因天氣過熱變質。

6. 九入盒裝

9 入盒裝的馬卡龍口味是隨機的。

7. 巴斯克乳酪蛋糕（無添加麩質）

店家只銷售整塊完整的蛋糕，沒有販售單片的蛋糕。

換句話說

068.mp3

① 마카롱 종류가 너무 많아서 추천해 줄 수 있을까요?
[ma-ka-rong jong-nyu-ga no-mu ma-na-seo chu-cheo-nae jul ssu i-sseul-kka-yo] 因為馬卡龍種類太多，可以推薦一下嗎？

↳ 마카롱 종류가 너무 많아서 소개해 줄 수 있을까요?
[ma-ka-rong jong-nyu-ga no-mu ma-na-seo so-gae-hae jul ssu i-sseul-kka-yo] 因為馬卡龍種類太多，可以介紹一下嗎？

↳ 마카롱 종류가 너무 많아서 알려 줄 수 있을까요?
[ma-ka-rong jong-nyu-ga no-mu ma-na-seo al-ryeo jul ssu i-sseul-kka-yo]
因為馬卡龍種類太多，可以說明一下嗎？

② 세트가 있나요? [sse-teu-ga in-na-yo] 有盒裝的嗎？

↳ 단품이 있나요? [dan-pu-mi in-na-yo] 有單品的嗎？

↳ 패키지가 있나요? [pae-ki-ji-ga in-na-yo] 有組合的嗎？

③ 딸기우유마카롱을 추천해 드립니다.
[ttal-gi-u-yu-ma-ka-rong-eul chu-cheo-nae deu-rim-ni-da]
推薦草莓牛奶馬卡龍給您。

↳ 블루베리마카롱을 추천해 드립니다.
[beul-ru-be-ri-ma-ka-rong-eul chu-cheo-nae deu-rim-ni-da]
推薦藍莓馬卡龍給您。

↳ 브라우니마카롱을 추천해 드립니다.
[beu-ra-u-ni-ma-ka-rong-eul chu-cheo-nae deu-rim-ni-da]
推薦布朗尼馬卡龍給您。

④ 한 세트를 준비해 드릴까요? [han sse-teu-reul jun-bi-hae deu-ril-kka-yo]
幫您準備一盒嗎？

↳ 한 세트를 포장해 드릴까요?
[han sse-teu-reul po-jang-hae deu-ril-kka-yo] 幫您包一盒起來嗎？

↳ 한 세트를 배달해 드릴까요?
[han sse-teu-reul bae-da-lae deu-ril-kka-yo] 幫您宅配一盒嗎？

＼주의！／

韓國當地人才知道的事 TOP3

- 可以自行網購並宅配到府
- 外帶馬卡龍時，店家會提供保冷袋
- 除了馬卡龍，另有販售手工餅乾、乳酪蛋糕及瑪德蓮蛋糕等

當地人推薦的美味店家

恍惚馬卡龍專賣店（황홀스레）

韓文地址：인천 부평구 경원대로1432번길 24

英文地址：24, Gyeongwon-daero 1432beon-gil, Bupyeong-gu, Incheon, Republic of Korea

營業時間：星期一至星期五 08:00 - 17:00 / 星期六及星期日 12:00 - 20:00

預約電話：032-512-8727

鄰近的公車或地鐵站：地鐵一號線富平站 3 號出口（부평역 3번출구）徒步約 460 公尺

*請掃描 QR Code 連結至官方 Instagram 或官方 Naver 電商平台。

PART 3-12

鬆餅 와플

鬆餅

와플

聊聊美食的五四三

自由行的外國旅客來到韓國，除了機場巴士之外，最常使用的大眾運輸大概就是**지하철**了［ ji-ha-cheol；地鐵 ］。韓國地鐵路線非常多、範圍也非常廣，地鐵站地下街更開滿各式商店。最常見的就是販售手機周邊產品、包包皮件的攤販。有別於台灣捷運嚴格禁止飲食，韓國地鐵站內是可以吃東西的。因此，韓國地鐵進站後，常常可以在地鐵站內看到販售各式小吃的攤販或投幣式自動販賣機。地鐵站內常見小吃有**떡볶이**［ tteok-bo-kii；辣炒年糕 ］、**어묵**［ eo-muk；魚板 ］、**튀김**［ twi-gim；炸物 ］、**김밥**［ gim-ppap；紫菜飯捲 ］、**핫도그**［ hat-tto-geu；熱狗 ］、**식혜**［ si-kye；甜米露 ］、**커피**［ keo-pi；咖啡 ］等，除此之外，**와플**［ wa-peul；鬆餅 ］也是常見的零嘴之一。

韓國地鐵站內販售的鬆餅，種類雖不能與鬆餅專賣店相比，但也有**생크림**［ saeng-keu-rim；鮮奶油 ］、**초코**［ cho-ko；巧克力 ］、**아이스크림**［ a-i-seu-keu-rim；冰淇淋 ］等口味供乘客選擇，其價位相當平易近人，當作解饞小點心非常適合。

推薦！鬆餅大學（와플대학）

070.mp3

除了地鐵站內可以購買到鬆餅之外，近年來韓國陸續出現很多品牌的鬆餅專賣店。這次要跟大家推薦的是有國民鬆餅品牌之稱的鬆餅大學。鬆餅大學的規模不僅是全韓國鬆餅品牌之冠，且鬆餅口味眾多、價格合理、CP 值極高，因而廣受韓國年輕族群歡迎。

目前鬆餅大學點餐方式已全面**무인화**［ mu-in-hwa；無人化 ］，進店後不需向店內員工開口點餐，直接透過店內**무인주문기**［ mu-in-ju-mun-gi；自助點餐機 ］，依照點餐步驟即可輕鬆完成點餐程序，最後依照出餐順序至櫃台取餐即可。不只鬆餅大學，韓國的餐飲業無人化服務已成為趨勢，甚至不少餐廳內還可看見**음식배달로봇**［ eum-sik-ppae-dal-ro-bot；送餐機器人 ］的蹤影。

菜單
(메뉴)

071.mp3

크림와플
[keu-rim-wa-peul]
奶油鬆餅

블루베리와플
[beul-ru-be-ri-wa-peul]
藍莓鬆餅

애플시나몬와플
[ae-peul-si-na-mon-wa-peul]
蘋果肉桂鬆餅

딸기와플
[ttal-gi-wa-peul]
草莓鬆餅

메이플시나몬와플
[me-i-peul-si-na-mon-wa-peul]
楓糖肉桂鬆餅

치즈케이크크랜베리와플
[chi-jeu-ke-i-keu-keu-raen-be-ri-wa-peul]
起司蛋糕蔓越莓鬆餅

바나나와플
[ba-na-na-wa-peul]
香蕉鬆餅

티라미수와플
[ti-ra-mi-su-wa-peul]
提拉米蘇鬆餅

菜單 (메뉴)

밀크카라멜와플
[mil-keu-ka-ra-mer-wa-peul]
牛奶焦糖鬆餅

호두고구마와플
[ho-du-go-gu-ma-wa-peul]
核桃地瓜鬆餅

딸기케이크와플
[ttal-gi-ke-i-keu-wa-peul]
草莓蛋糕鬆餅

오레오누텔라와플
[o-re-o-nu-tel-ra-wa-peul]
奧利奧能多益鬆餅

바나나누텔라와플
[ba-na-na-nu-tel-ra-wa-peul]
香蕉能多益鬆餅

딸기누텔라와플
[ttal-gi-nu-tel-ra-wa-peul]
草莓能多益鬆餅

젤라또와플
[jel-ra-tto-wa-peul]
義式冰淇淋鬆餅

오레오누텔라젤라또와플
[o-re-o-nu-tel-ra-jel-ra-tto-wa-peul]
奧利奧能多益義式冰淇淋鬆餅

블루베리젤라또와플
[beul-ru-be-ri-jel-ra-tto-wa-peul]
藍莓義式冰淇淋鬆餅

크림젤라또와플
[keu-rim-jel-ra-tto-wa-peul]
奶油義式冰淇淋鬆餅

딸기누텔라젤라또와플
[ttal-gi-nu-tel-ra-jel-ra-tto-wa-peul]
草莓能多益義式冰淇淋鬆餅

치즈케이크누텔라젤라또와플
[chi-jeu-ke-i-keu-nu-tel-ra-jel-ra-tto-wa-peul]
起司蛋糕能多益義式冰淇淋鬆餅

實戰對話

072.mp3

직원 : 어서오세요. [eo-seo-o-se-yo]

店員：歡迎光臨。

고객 : 안녕하세요. 주문은 어떻게 해요？

[an-nyeong-ha-se-yo. ju-mu-neun eo-tteo-ke hae-yo]

顧客：您好。請問要怎麼點餐呢？

직원 : 옆에 있는 무인주문기를 이용하시면 됩니다.

[yeo-pe in-neun mu-in-ju-mun-gi-reul i-yong-ha-si-myeon dwem-ni-da]

店員：使用旁邊的自助點餐機即可。

고객 : 네. 알겠습니다. [ne. al-get-sseum-ni-da]

顧客：好。知道了。

직원 : 도움이 필요하시면 말씀 부탁 드립니다.

[do-u-mi pi-ryo-ha-si-myeon mal-sseum bu-tak deu-rim-ni-da]

店員：若有需要幫助的話請跟我說。

주문 완료 후 [ju-mun wal-ryo hu]

點餐完畢後

고객 : 주문을 했는데 언제쯤 나오나요？

[ju-mu-neul haen-neun-de eon-je-jjeum na-o-na-yo]

顧客：我點好了，請問什麼時候出餐呢？

직원 : 주문 순서대로 나옵니다. [ju-mun sun-seo-dae-ro na-om-ni-da]

店員：會按照點餐順序出餐。

고객 : 네. 알겠습니다. [ne. al-get-sseum-ni-da]

顧客：好。知道了。

직원 : 편한 자리에 앉으시면 됩니다.

[pyeo-nan ja-ri-e an-jeu-si-myeon dwem-ni-da]

店員：請隨便坐即可。

10 분 후 [sip-ppun hu]

10 分鐘後

직원：주문하신 바나나와플이 나왔습니다.

[ju-mun-ha-sin ba-na-na-wa-peu-ri na-wat-sseum-ni-da]

店員：您點的香蕉鬆餅已經好了。

고객：감사합니다. [gam-sa-ham-ni-da]

顧客：謝謝。

직원：숟가락과 티슈가 필요하신가요？

[sut-kka-rak-kkwa ti-syu-ga pi-ryo-ha-sin-ga-yo]

店員：需要湯匙和餐巾紙嗎？

고객：숟가락과 티슈를 주세요. [sut-kka-rak-kkwa ti-syu-reul ju-se-yo]

顧客：請給我湯匙和餐巾紙。

직원：맛있게 드세요. [ma-sit-kke deu-se-yo]

店員：請慢用。

來練習點餐吧！

小知識

1.와플[wa-peul] 鬆餅

치즈케이크누텔라젤라또와플 [chi-jeu-ke-i-keu-nu-tel-ra-jel-ra-tto-wa-peul] 起司蛋糕能多益義式冰淇淋鬆餅 / 크림와플 [keu-rim-wa-peul] 奶油鬆餅

2.무인주문기 [mu-in-ju-mun-gi] 自助點餐機

付款方式共有兩種，分別有現金及卡片（簽帳卡、信用卡）。

3.選擇鬆餅種類

首先選擇語言後，開始點選鬆餅種類。

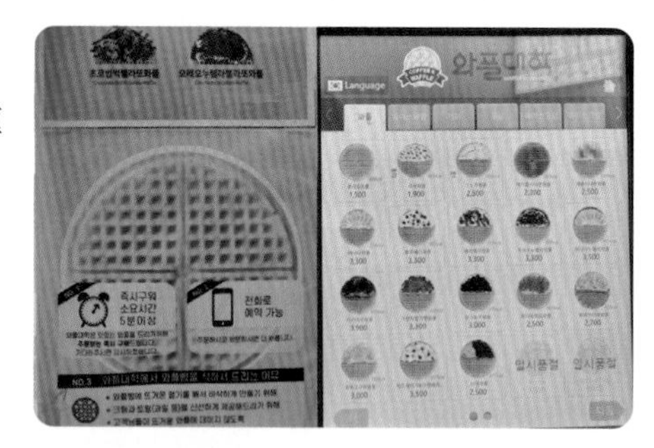

4.選擇奶油口味

只需要按照指示步驟點選即可輕鬆完成點餐。

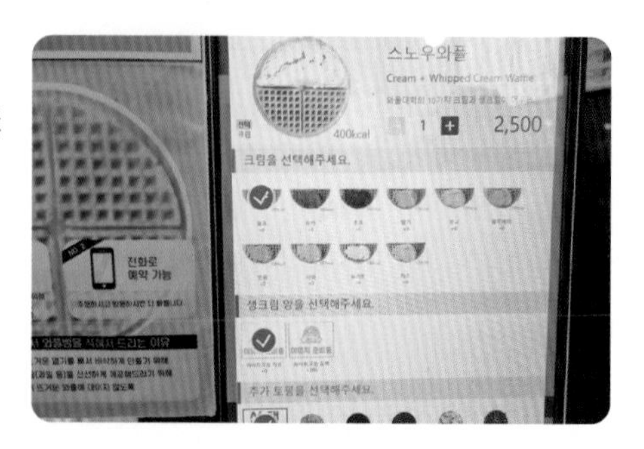

5.鬆餅內餡厚實

可以向店家索取湯匙方便食用內餡。

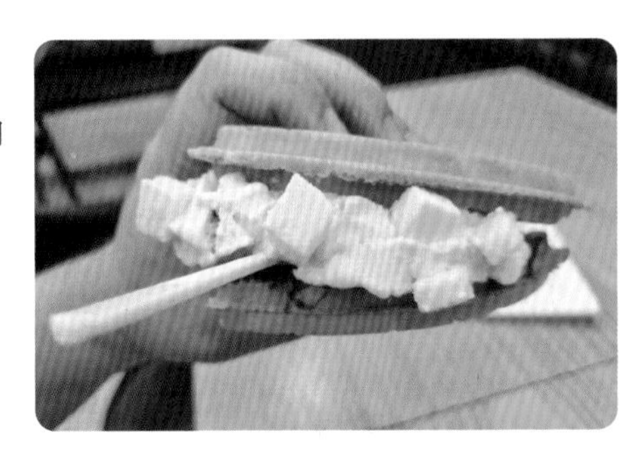

6.鮮奶油滿滿

鮮奶油口感綿密，吃完整份也不覺得膩。

7.韓國人道地吃法

兩人同行時可以分別選擇不同口味，一人一半交換品嚐鬆餅的美味。

주문 방법은
생각보다 쉽죠

換句話說

073.mp3

① 주문은 어떻게 해요? [ju-mu-neun eo-tteo-ke hae-yo] 請問要怎麼點餐呢?

↳ 주문은 어디서 해요? [ju-mu-neun eo-di-seo hae-yo] 請問要在哪點餐呢?

↳ 주문은 어떻게 해야 하나요? [ju-mu-neun eo-tteo-ke hae-ya ha-na-yo] 請問該怎麼點餐呢?

② 주문을 했는데 언제쯤 나오나요?
[ju-mu-neul haen-neun-de eon-je-jjeum na-o-na-yo]
我點好餐了,請問什麼時候出餐呢?

↳ 주문을 했는데 언제쯤 받을 수 있나요?
[ju-mu-neul haen-neun-de eon-je-jjeum ba-deul ssu in-na-yo]
我點好餐了,大約什麼時候可以取餐呢?

↳ 주문을 했는데 얼마나 기다려야 하나요?
[ju-mu-neul haen-neun-de eol-ma-na gi-da-ryeo-ya ha-na-yo]
我點好餐了,請問要等多久呢?

③ 주문하신 바나나와플이 나왔습니다.
[ju-mu-na-sin ba-na-na-wa-peu-ri na-wat-sseum-ni-da]
您點的香蕉鬆餅已經好了。

↳ 주문하신 딸기와플이 나왔습니다.
[ju-mu-na-sin ttal-gi-wa-peu-ri na-wat-sseum-ni-da]
您點的草莓鬆餅已經好了。

↳ 주문하신 블루베리와플이 나왔습니다.
[ju-mu-na-sin beul-ru-be-ri-wa-peu-ri na-wat-sseum-ni-da]
您點的藍莓鬆餅已經好了。

④ 숟가락과 티슈를 주세요. [sut-kka-rak-kkwa ti-syu-reul ju-se-yo]
請給我湯匙和餐巾紙。

↳ 포크와 물티슈를 주세요. [po-keu-wa mul-ti-syu-reul ju-se-yo]
請給我叉子和濕紙巾。

↳ 칼과 티슈를 주세요. [kal-gwa ti-syu-reul ju-se-yo] 請給我刀和餐巾紙。

주의!

韓國當地人才知道的事 TOP3

- 鬆餅大學均已全面導入自助點餐機。
- 自助點餐機有支援外語服務。
- 和朋友一人點一種口味交換品嚐。

當地人推薦的 美味店家

鬆餅大學 弘大校區（와플대학 홍대캠퍼스）

韓文地址：서울 마포구 양화로 176 1층 N22호

英文地址：No22, 1F, 176, Yanghwa-ro, Mapo-gu, Seoul, Republic of Korea

營業時間：每日 11:00 - 22:00

預約電話：02-332-5252

鄰近的公車或地鐵站：地鐵二號線弘大入口站 8 號出口（홍대입구역 8 번 출구）徒步約 81 公尺

*其他更多分店資訊，請掃描 QR Code 連結至鬆餅大學官網。

PART 3-13

紅豆冰

팥빙수

074.mp3

聊聊美食的五四三

你是不是常在電視上看到韓國人吃**설빙**[seol-bing；雪冰]的畫面呢？這道**후식**[hu-sik；飯後甜點]不只是外國遊客，就連韓國人自己也很喜歡。韓國的雪冰提供多種刨冰口味，不吃刨冰的朋友到了雪冰店不一定非要點冰品不可，也可以點飲品。近年來甚至可以在雪冰店吃到甜點及熱食，像是**도넛**[do-neot；甜甜圈]、**마카롱**[ma-ka-rong；馬卡龍]、**호떡**[ho-tteok；糖餅]、**팥죽**[pat-jjuk；紅豆粥]、**토스트**[to-seu-teu；吐司]、**떡볶이**[tteok-bo-kki；辣炒年糕]、**볶음밥**[bo-kkeum-bap；炒飯]、**스파게티**[seu-pa-ge-ti；義大利麵]等。

只要是雪冰店，都能吃到**팥인절미설빙**[pan-nin-jeol-mi-seol-bing；紅豆黃豆粉年糕刨冰]，但如果想吃最經典的刨冰口味，還是得嚐鮮看看韓國的紅豆刨冰。紅豆刨冰可說是韓國刨冰的元祖，也是韓國冰品店內最常見的刨冰口味。韓國的紅豆刨冰是在雪白的刨冰上放上一層厚厚的**팥**[pat；紅豆]，然後在紅豆上面再放雪白的**떡**[tteok；年糕]。紅包刨冰所用的紅豆，熬煮過程不僅費時費工，熬煮的方式也大大影響紅豆的口感。因此，紅豆刨冰名店的門口總是大排長龍。

推薦！金玉堂（금옥당）

在眾多紅豆刨冰**명가**［ myeong-ga；名店 ］中，推薦金玉堂的招牌紅豆刨冰。金玉堂是老字號紅豆刨冰品牌，在首爾市區內有幾家分店，大家可以選擇至距離最近的分店即可品嚐到紅豆刨冰。金玉堂的建築外觀以紅色為主軸，顯眼的招牌金色烏龜，從遠處即可輕易找到金玉堂的位置。

在這裡除了可以品嚐到紅豆刨冰之外，他們家的羊羹也非常受歡迎。在金玉堂各分店均可買到羊羹禮盒及散裝羊羹，羊羹的口味也非常多元。像是**흑임자양갱**［ heung-nim-ja-yang-gaeng；黑芝麻羊羹 ］、**호두양갱**［ ho-du-yang-gaeng；核桃羊羹 ］、**견과양갱**［ gyeon-gwa-yang-gaeng；堅果羊羹 ］、**라즈베리양갱**［ ra-jeu-be-ri-yang-gaeng；覆盆子羊羹 ］等。

菜單
(메뉴)

076.mp3

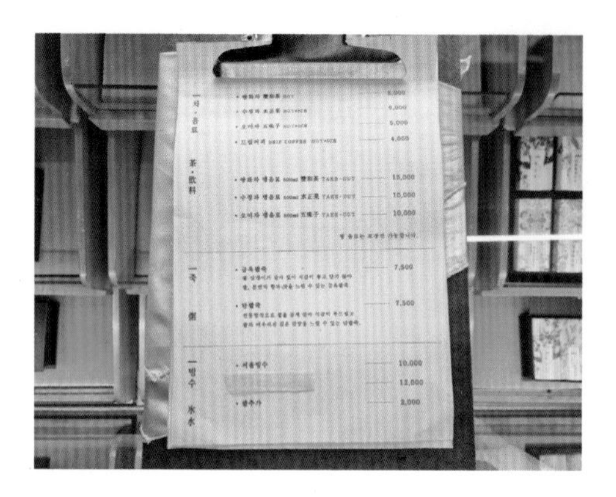

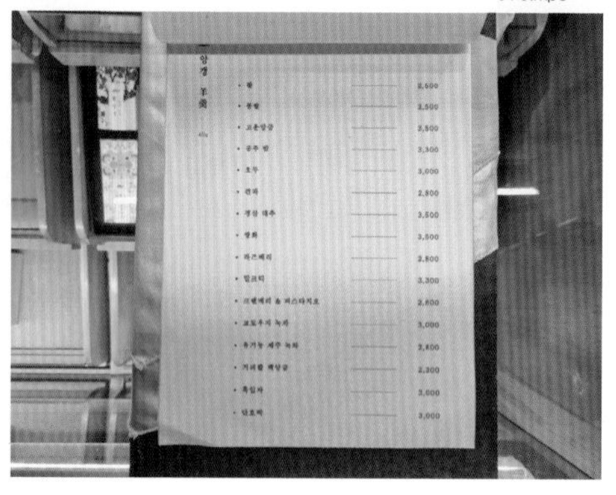

서울빙수
[seo-ul-bing-su]

首爾刨冰（紅豆冰）

수정과
[su-jeong-gwa]

水正果

팥추가
[pa-chu-ga]

加紅豆

오미자
[o-mi-ja]

五味子

금옥팥죽
[geum-ok-pat-jjuk]

金玉紅豆粥

드립커피
[deu-rip-keo-pi]

滴漏式咖啡

단팥죽
[dan-pat-jjuk]

甜紅豆粥

팥양갱
[pan-nyang-gaeng]

紅豆羊羹

쌍화차
[ssang-hwa-cha]

雙和茶

호두양갱
[ho-du-yang-gaeng]

核桃羊羹

菜單
(메뉴)

견과양갱
[gyeon-gwa-yang-gaeng]

堅果羊羹

경산대추양갱
[gyeong-san-dae-chu-yang-gaeng]

慶山紅棗羊羹

쌍화양갱
[ssang-hwa-yang-gaeng]

雙和羊羹

라즈베리양갱
[ra-jeu-be-ri-yang-gaeng]

覆盆子羊羹

밀크티양갱
[mil-keu-ti-yang-gaeng]

奶茶羊羹

교토우지녹차양갱
[gyo-to-u-ji-nok-cha-yang-gaeng]

京都宇志抹茶羊羹

유기농제주녹차양갱
[yu-gi-nong-je-ju-nok-cha-yang-gaeng]

有機農濟州綠茶羊羹

흑임자양갱
[heung-nim-ja-yang-gaeng]

黑芝麻羊羹

단호박양갱
[dan-ho-bang-nyang-gaeng]

甜南瓜羊羹

實戰對話

077.mp3

문 앞 [mun ap]

門前

직원：안녕하세요. 몇 분이세요？[an-nyeong-ha-se-yo. myeot bu-ni-se-yo]

店員：您好，請問幾位？

고객：안녕하세요. 2명입니다. [an-nyeong-ha-se-yo. du-myeong-im-ni-da]

顧客：您好，兩位。

직원：먼저 종이에 성함 및 연락처를 남겨 주세요. 순서가 되면 알려 드리겠습니다. [meon-jeo jong-i-e seong-ham mit yeol-rak-cheo-reul nam-gyeo ju-se-yo. sun-seo-ga dwe- myeon al-ryeo deu-ri-get-sseum-ni-da]

店員：請先在紙上留下姓名及聯絡方式，輪到您的時候會通知您。

고객：네. 알겠습니다. [ne. al-get-sseum-ni-da]

顧客：好，知道了。

30분 후 [sam-sip-ppun hu]

30 分鐘後

직원：15번 고객님, 들어오세요. 먼저 주문 도와드리겠습니다. [si-bo-beon go-gaeng-nim, deu-reo-o-se-yo. meon-jeo ju-mun do-wa-deu-ri-get-sseum-ni-da]

店員：15 號顧客，請進。先幫您點餐。

고객：서울빙수와 아이스드립커피를 주세요. [seo-ul-bing-su-wa a-i-seu-deu-rip-keo-pi-reul ju-se-yo]

顧客：請給我首爾刨冰和冰滴咖啡。

직원：총 14, 000원입니다. 편한 자리에 앉으시면 됩니다. [chong man-sa-cheon-won-im-ni-da. pyeo-nan ja-ri-e an-jeu-si-myeon dwem-ni-da]

店員：總共 14, 000 韓幣。請隨便坐即可。

고객：알겠습니다. [al-get-sseum-ni-da]

顧客：知道了。

10분 후 [sip-ppun hu]

10 分鐘後

직원：주문하신 서울빙수와 아이스드립커피입니다. 맛있게 드세요.

[ju-mu-na-sin seo-ul-bing-su-wa a-i-seu-deu-rip-keo-pi-im-ni-da. ma-sit-kke deu-se-yo]

店員：這是您點的首爾刨冰和冰滴咖啡。請慢用。

나가기 전 [na-ga-gi jon]

離開前

고객：양갱 단품도 구매할 수 있나요？

[yang-gaeng dan-pum-do gu-mae-hal ssu in-na-yo]

顧客：可以購買散裝羊羹嗎？

직원：가능합니다. 원하는 양갱맛을 알려 주세요.

[ga-neung-ham-ni-da.wo-na-neun yang-gaeng-ma-seul alr-yeo ju-se-yo]

店員：可以。請告訴我您想要的羊羹口味。

고객：팥양갱, 쌍화양갱, 교토우지녹차양갱 그리고 경산대추양갱 주세요.

[pan-nyang-gaeng, ssang-hwa-yang-gaeng, gyo-to-u-ji-nok-cha-yang-gaeng geu-ri-go gyeong-san-dae-chu-yang-gaeng ju-se-yo]

顧客：請給我紅豆羊羹、雙和羊羹、京都宇志抹茶羊羹和慶山紅棗羊羹。

직원：준비해 드리겠습니다. 총 12,500원입니다. 영수증이 필요하시나요？

[jun-bi-hae deu-ri-get-sseum-ni-da. chong man i-cheon-o-bae-gwon-im-ni-da. yeong-su-jeung-i pi-ryo-ha-si-na-yo]

店員：幫您準備。共 12, 500 韓 幣。有需要收據嗎？

고객：아니요. 영수증을 버려주세요. 감사합니다.

[a-ni-yo. yeong-su-jeung-eul beo-ryeo-ju-se-yo. gam-sa-ham-ni-da]

顧客：不需要。請把收據丟掉。謝謝。

小知識

1.서울빙수 [seo-ul-bing-su] 首爾刨冰

通常夏季比較容易看到刨冰店，但這家店一年四季均正常營業，不僅可以吃到紅豆刨冰，還可以品嚐到羊羹的美味。

2.滿滿的紅豆餡

這碗刨冰的基底是雪花冰，在雪花冰上層鋪上滿滿的紅豆餡。建議吃法是雪花冰搭配紅豆餡一起吃會更好吃。

3.上頭有兩顆麻糬

紅豆餡吃起來非常綿密，麻糬口感也非常 Q 彈。

4.羊羹禮盒

其實金玉堂是以羊羹聞名，不少韓國人會以羊羹禮盒當作送禮的最佳選擇。

5.散裝羊羹

不少韓國客人在吃完刨冰後，會再去購買羊羹來搭配飲品食用。

6.外帶用瓶裝飲品

外帶用的瓶裝飲品比店內用的單價貴近兩倍左右，建議大家在店內食用即可。

팥빙수 너무
차가워요 !

換句話說

① 종이에 성함 및 연락처를 남겨 주세요.
[jong-i-e seong-ham mit yeol-rak-cheo-reul nam-gyeo ju-se-yo]
請在紙上留下姓名及聯絡方式。

↳ 패드에 전화번호를 입력해 주세요.
[pae-deu-e jeon-hwa-beo-no-reul im-nyo-kae ju-se-yo]
請在平板上輸入電話號碼。

↳ 예약시스템에 개인 정보를 기입해 주세요.
[ye-yak-ssi-sseu-te-me gae-in jeong-bo-reul gi-i-pae ju-se-yo]
請在預約系統上填入個人資訊。

② 순서가 되면 알려 드리겠습니다.
[sun-seo-ga dwe- myeon al-ryeo deu-ri-get-sseum-ni-da]
輪到您的時候會通知您。

↳ 순서가 되면 카톡으로 통지 드리겠습니다.
[sun-seo-ga dwe- myeon ka-to-geu-ro tong-ji deu-ri-get-sseum-ni-da]
輪到您的時候會用 KAKAO TALK 通知您。

↳ 순서가 되면 문자로 연락 드리겠습니다.
[sun-seo-ga dwe- myeon mun-jja-ro yeol-rak deu-ri-get-sseum-ni-da]
輪到您的時候會用簡訊連絡您。

③ 양갱 단품을 구매할 수 있나요？
[yang-gaeng dan-pu-meul gu-mae-hal ssu in-na-yo]
可以購買散裝羊羹嗎？

↳ 양갱 세트를 구매할 수 있나요？
[yang-gaeng sse-teu-reul gu-mae-hal ssu in-na-yo]
可以購買羊羹禮盒嗎？

↳ 양갱 단품을 구입할 수 있나요？
[yang-gaeng dan-pu-meul gu-i-pal ssu in-na-yo]
可以購買散裝羊羹嗎？

④ 원하는 양갱맛을 알려 주세요.
[wo-na-neun yang-gaeng-ma-seul al-ryeo ju-se-yo]
請告訴我您想要的羊羹口味。

ㄴ 원하는 양갱 종류를 알려 주세요.
[wo-na-neun yang-gaeng jong-nyu-reul al-ryeo ju-se-yo]
請告訴我您想要的羊羹種類。

ㄴ 구매할 양갱맛을 알려 주세요.
[gu-mae-hal yang-gaeng-ma-seul al-ryeo ju-se-yo]
請告訴我您想買的羊羹口味。

\ 주의！/
韓國當地人才知道的事 TOP3

- 飲品外帶時須直接購買瓶裝飲品。
- 飲品內用及外帶價格差很大。
- 除了首爾刨冰外, 還有紅豆粥的選擇。

當地人推薦的
美味店家

金玉堂西橋店（금옥당 서교점）

韓文地址：서울 마포구 어울마당로 39

英文地址：39, Eoulmadang-ro, Mapo-gu, Seoul, Republic of Korea

營業時間：每日 12:00 - 22:00

預約電話：0507-1433-4040

鄰近的公車或地鐵站：地鐵六號線上水站 1 號出口（상수역 1번 출구）徒步約 353 公尺

*其他更多分店資訊，請掃描 QR Code 連結至金玉堂官網。

PART 3-14

咖啡 커피

咖 啡
커피

聊聊美食的五四三

大家來韓國自助旅遊時，除了到各個**관광 명소**［gwan-gwang myeong-so；著名觀光景點］踩點外，想必也吃遍不少韓國道地**맛집**［mat-jjip；美食店］。每當逛街逛到腳痠的時候，一定會想到**카페**［kka-pe；咖啡廳］歇息片刻。大家也知道，韓國咖啡廳的密度就跟台灣的**편의점**［pyeo-ni-jeom；便利商店］一樣，每走幾步路就可以看到一家咖啡廳。根據韓國國稅廳統計，截至 2022 年 11 月 13 日為止，韓國咖啡廳的數量已突破 9 萬 1 千家店，達到史上最大規模。而韓國的咖啡消費更是世界平均的三倍，是不是很驚人？

平常大家可能會從韓劇認識到韓國的知名連鎖咖啡廳，像是**투썸플레이스**［tu-sseom-peul-re-i-seu；TWOSOME PLACE］、**이디야**［i-di-ya；EDIYA］、**엔제리너스**［en-je-ri-neo-seu；Angel-in-us］、**카페베네**［kka-pe-be-ne；Caffe Bene］、**할리스커피**［hal-ri-seu-keo-pi；HOLLYS COFFEE］等，然而每家咖啡廳品牌都有他們自己的特色。讓我們來看一下今天要介紹的**에이바우트커피**［e-i-ba-u-teu-keo-pi；A' BOUT COFFEE］有什麼特別的吧！

推薦！A'BOUT COFFEE（에이바우트커피）

080.mp3

在眾多知名連鎖咖啡廳中，這次要特別介紹的咖啡廳品牌是 A'BOUT COFFEE。有些人可能會覺得這家咖啡廳名字有點熟悉，好像在哪裡看過這個品牌，其實這家咖啡廳曾出現在 2020 年底播出的水木**드라마**[deu-ra-ma；連續劇] **여신강림**[yeo-sin-gang-nim；女神降臨] 中。這部韓劇改編自同名**만화**[man-hwa；漫畫]，這部韓劇更是讓男主角車銀優的人氣水漲船高，晉升為最新一代的偶像**남신**[nam-sin；男神]。

A' BOUT COFFEE 的**본점**[bon-jeom；創始店] 位於韓國**제주도**[je-ju-do；濟州島]，目前光在濟州島就有多達近 40 家的**분점**[bun-jeom；分店]。不僅如此，A'BOUT COFFEE 事業版圖更擴展至首爾、京畿道、釜山等地區。這家咖啡廳的創立宗旨有別於一般知名連鎖咖啡廳，除了提供各式咖啡及美味甜點外，更重要的是需提供顧客一個舒適寬敞的休憩空間。因此，不管是濟州島的分店還是首爾的分店，店內環境都十分寬敞，是間非常適合休息及放鬆的咖啡廳。

菜單
(메뉴)

081.mp3

에스프레소 더블
[e-sseu-peu-re-sso deo-beul]

雙份濃縮咖啡

아메리카노
[a-me-ri-ka-no]

美式咖啡

카페라떼
[kka-pe-ra-tte]

咖啡拿鐵

카푸치노
[ka-pu-chi-no]

卡布奇諾

바닐라라떼
[ba-nil-ra-ra-tte]

香草拿鐵

카페모카
[kka-pe-mo-ka]

摩卡咖啡

카라멜마끼아또
[ka-ra-mel-ma-kki-a-tto]

焦糖瑪奇朵

아포가토
[a-po-ga-to]

阿芙佳朵

菜單
(메뉴)

그린티라떼
[geu-rin-ti-ra-tte]
綠茶拿鐵

고구마라떼
[go-gu-ma-ra-tte]
地瓜拿鐵

딥초콜릿라떼
[dip-cho-kol-rit-ra-tte]
巧克力醬拿鐵

아이스티
[a-i-seu-ti]
冰紅茶

바닐라아이스크림
[ba-nil-ra-a-i-seu-keu-rim]
香草冰淇淋

초코아이스크림
[cho-ko-a-i-seu-keu-rim]
巧克力冰淇淋

레몬에이드
[re-mon-e-i-deu]
檸檬汽水

딸기주스
[ttal-gi-ju-sseu]
草莓果汁

菜單
(메뉴)

꿀토마토주스
[kkul-to-ma-to-ju-sseu]

蜂蜜番茄果汁

하이엔드자몽티
[ha-i-en-deu-ja-mong-ti]

高級葡萄柚茶

하이엔드뱅쇼
[ha-i-en-deu-baeng-syo]

高級熱紅酒

하이엔드모히또
[ha-i-en-deu-mo-hi-tto]

高級雞尾酒

애플망고스무디
[ae-peul-mang-go-seu-mu-di]

蘋果芒果冰沙

스트로베리밀크스무디
[seu-teu-ro-be-ri-mil-keu-seu-mu-di]

草莓牛奶冰沙

오레오딸기쉐이크
[o-re-o-ttal-gi-swae-i-keu]

奧利奧草莓奶昔

오레오쉐이크
[o-re-o-swae-i-keu]

奧利奧奶昔

녹차쉐이크
[nok-cha-swae-i-keu]

抹茶奶昔

그릭요거트스트로베리
[geu-rik-yo-geo-teu-seu-teu-ro-be-ri]

草莓希臘優格

그릭요거트플레인
[geu-rik-yo-geo-teu-peul-re-in]

原味希臘優格

그릭요거트블루베리
[geu-rik-yo-geo-teu-beul-ru-be-ri]

藍莓希臘優格

實戰對話

082.mp3

고객：안녕하세요. 카페라떼와 스트로베리밀크스무디를 주문할게요.

[an-nyeong-ha-se-yo. kka-pe-ra-tte-wa seu-teu-ro-be-ri-mil-keu-seu-mu-di-reul ju-mun-hal-kke-yo]

顧客：您好，我要點咖啡拿鐵和草莓牛奶冰沙。

직원：디저트도 필요하세요？[di-jeo-teu-do pi-ryo-ha-se-yo]

店員：甜點也需要嗎？

고객：디저트는 얼마예요？[di-jo-teu-neun eol-ma-e-yo]

顧客：甜點多少錢？

직원：카페라떼는 3,900원인데 디저트를 추가하면 총 5,900원입니다.

[ka-pe-ra-tte-neun sam-cheon-gu-bae-gwon-in-de di-jeo-teu-reul chu-ga-ha-myeon chong o-cheon-gu-bae-gwon-im-ni-da]

스트로베리밀크스무디는 4,900원인데 디저트를 추가하면 총 6,900원입니다.

[seu-teu-ro-be-ri-mil-keu-seu-mu-di-neun sa-cheon-gu-bae-gwon-in-de di-jeo-teu-reul chu-ga-ha-myeon chong yuk-cheon-gu-bae-gwon-im-ni-da]

店員：咖啡拿鐵是 3,900 韓幣，加點甜點的話總共 5,900 韓幣。草莓牛奶冰沙是 4,900 韓幣，加點甜點的話總共 6,900 韓幣。

고객：디저트를 포함해서 결제해 주세요.

[di-jeo-teu-reul po-ham-hae-seo gyeol-jje-hae ju-se-yo]

顧客：請加上甜點一起結帳。

직원：드시고 가세요？[deu-si-go ga-se-yo]

店員：內用嗎？

고객：네. 매장에서 먹을거예요. [ne. mae-jang-e-seo meo-geul-geo-e-yo]

顧客：是的，要在店內吃。

직원：총 12,800원입니다. 진동벨을 가져가시고 잠깐 기다려 주세요.

[chong man-i-cheon-pal-bae-gwon-im-ni-da. jin-dong-be-reul ga-jeo-ga-si-go jam-kkan gi-da-ryeo ju-se-yo]

店員：總共 12,800 韓幣。這是您的取餐呼叫器，請稍等一下。

고객：알겠습니다. [al-get-sseum-ni-da]

顧客：好。

직원：먼저 원하는 자리에 앉으세요.

[meon-jeo wo-na-neun ja-ri-e an-jeu-se-yo]

店員：請先隨便坐。

진동벨 진동 시 [jin-dong-bel jin-dong si]

取餐呼叫器震動時

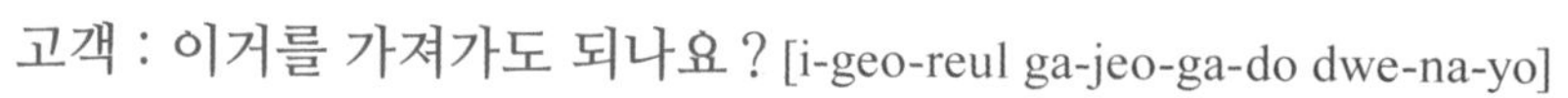

고객：이거를 가져가도 되나요？[i-geo-reul ga-jeo-ga-do dwe-na-yo]

顧客：這個可以拿嗎？

직원：맞습니다. 물과 티슈는 셀프입니다.

[mat-sseum-ni-da. mul-gwa ti-syu-neun sel-peu-im-ni-da]

店員：是的，水和餐巾紙是自助式的。

고객：알겠습니다. 감사합니다. [al-get-sseum-ni-da. gam-sa-ham-ni-da]

顧客：好的，謝謝。

직원：맛있게 드세요. [ma-sit-kke deu-se-yo]

店員：請慢用。

來練習點餐吧！

小知識

1.A'BOUT COFFEE

有別於一般連鎖咖啡廳座位都是相同的設計，這間咖啡廳提供多種座位區讓客人自由選擇。

2.點餐櫃台

先在點餐櫃檯點餐完並結帳完畢後，店員會提供一個取餐呼叫器，震動時再去取餐櫃檯取餐即可。

3.副餐及甜點區

除了各式飲品外，還可以選購水果、沙拉、三明治、麵包、蛋糕等。

4.飲水區

韓國的咖啡廳多數會提供涼水自取。左邊那桶是檸檬涼水、右邊那桶是一般涼水。

5.에그위치 [e-geu-wi-chi] 沙拉蛋堡＋카페라떼 [kka-pe-ra-tte] 咖啡拿鐵

通常韓國咖啡廳都不會主動問客人是否需要調整甜度或冰塊量。

6.에그위치 [e-geu-wi-chi] 沙拉蛋堡 ＋스트로베리밀크스무디 [seu-teu-ro-be-ri-mil-keu-seu-mu-di] 草莓牛奶冰沙

7.클래식녹차케이크 [keul-rae-sing-nok-cha-ke-i-keu] 經典抹茶蛋糕

吃起來不會過甜，且有淡淡的抹茶香氣。

다음에 에이바우트
커피 가보자

換句話說

① 디저트를 포함해서 결제해 주세요.
[di-jeo-teu-reul po-ha-mae-seo gyeol-jje-hae ju-se-yo]
請加上甜點一起結帳。

↳ 샐러드를 포함해서 결제해 주세요.
[sael-ro-deu-reul po-ha-mae-seo gyeol-jje-hae ju-se-yo]
請加上沙拉一起結帳。

↳ 샌드위치를 포함해서 결제해 주세요.
[saen-deu-wi-chi-reul po-ha-mae-seo gyeol-jje-hae ju-se-yo]
請加上三明治一起結帳。

② 드시고 가세요？ [deu-si-go ga-se-yo] 內用嗎？

↳ 매장에서 드실 건가요？ [mae-jang-e-seo deu-sil kkeon-ga-yo]
在店內吃嗎？

↳ 포장해 드릴까요？ [po-jang-hae deu-ril-kka-yo] 幫您包起來嗎？

③ 매장에서 먹을거예요. [mae-jang-e-seo meo-geul-geo-e-yo] 要在店內吃。

↳ 카페에서 먹을거예요. [ka-pe-e-seo meo-geul-geo-e-yo]
要在咖啡廳內吃。

↳ 여기에서 먹을거예요. [yeo-gi-e-seo meo-geul-geo-e-yo] 要在這裡吃。

④ 물과 티슈는 셀프입니다.
[mul-gwa ti-syu-neun sel-peu-im-ni-da]
水和餐巾紙是自助式。

↳ 빨대와 컵홀더는 셀프입니다.
[ppal-ttae-wa keop-hol-deo-neun sel-peu-im-ni-da]
吸管和杯套是自助式。

↳ 레몬물과 컵은 셀프입니다.
[re-mon-mul-gwa keo-beun sel-peu-im-ni-da]
檸檬水和杯子是自助式。

＼주의！／

韓國當地人才知道的事 TOP3

- A'BOUT COFFEE 是濟州島分店數最多、最密集的咖啡廳。
- 點飲料、咖啡加購升級即可拿到一份甜點。
- 各分店都有提供適合一人讀書的獨立空間。

A'BOUT COFFEE 慶熙大店（에이바우트커피 경희대점）

韓文地址：서울 동대문구 경희대로3길 28

英文地址：28, Kyungheedae-ro 3-gil, Dongdaemun-gu, Seoul, Republic of Korea

營業時間：每日 07:30 - 22:00

鄰近的公車或地鐵站：地鐵一號線回基站 1 號出口（회기역 1번 출구）徒步約 796 公尺

*其他更多分店資訊，請掃描 QR Code 連結至 A'BOUT COFFEE 官網。

PART 3-15

布帳馬車

포장마차

布帳馬車
포장마차

084.mp3

聊聊美食的五四三

韓劇中常會看到男女角在**포장마차**〔po-jang-ma-cha；布帳馬車〕內的場景，大家第一次聽到布帳馬車可能會滿頭疑惑，想說布帳馬車到底是什麼？簡單來說，就是路邊攤。

布帳馬車大致可以分為兩種，第一種是提供外帶或站著吃的路邊攤，以販售韓國道地小吃為主。像是**떡볶이**〔tteok-bo-kki；辣炒年糕〕、**어묵**〔eo-muk；魚板〕、**김밥**〔gim-bap；紫菜飯捲〕、**튀김**〔twi-gim；炸物〕、**핫도그**〔ha-ttto-geu；熱狗〕、**붕어빵**〔bung-eo-bbang；鯽魚餅〕、**계란빵**〔gye-ran-ppang；雞蛋糕〕等。通常韓國人會直接在攤販前面吃，或是拿著它邊走邊吃。另一種是韓劇中經常出現，提供座位讓民眾可以坐下來吃的路邊攤。有別於台灣的路邊攤，這種提供座位的布帳馬車通常會使用大型**천막**〔cheon-mak；帳篷〕以及**투명비닐천**〔tu-myeong-bi-nil-cheon；透明塑膠布〕將攤位圍起來。布帳馬車的特色是夏季可以將帳篷及透明塑膠布捲起來，以達到通風效果。冬季則可以將它們都放下來，不僅不必受到寒風的凌虐，還可以吃到熱騰騰的**안주**〔an-ju；下酒菜〕。此時再搭配一瓶**소주**〔so-ju；燒酒〕的話，簡直是人生一大享受。

為什麼韓國人會這麼喜歡來布帳馬車呢？其實以前在布帳馬車吃東西、喝酒比在餐廳便宜很多，才會這麼受到韓國人喜愛。但近年來韓國物價持續飆升，現在去一趟布帳馬車用餐的話，荷包可能會大失血。儘管如此，韓國人仍衝著布帳馬車的氛圍而去，在布帳馬車裡盡情地飲酒、聊心事、抱怨瑣事。你知道嗎？布帳馬車可是韓國人心目中失戀療傷的絕佳場所呢！

推薦！鐘路三街 布帳馬車（종로3가 포장마차）

085.mp3

想要親自體驗韓國最道地的布帳馬車文化，那你一定要來位於首爾地鐵鐘路三街站 6 號出口旁的布帳馬車街。由於鐘路三街鄰近**탑골공원**〔tap-kkol-gong-won；塔谷公園〕、**종묘**〔jong-myo；宗廟〕、**창덕궁**〔chang-deok-kkung；昌德宮〕、**보신각**〔bo-sin-gak；普信閣〕、**익선동한옥마을**〔ik-sseon-dong-han-ong-ma-eul；益善洞韓屋村〕、**인사동**〔in-sa-dong；仁寺洞〕、**청계천**〔cheong-gye-cheon；清溪川〕等知名觀光景點，加上這一帶傳統文化與現代文化並存，充滿濃厚的韓國特色。不僅吸引韓國男女老少民眾前往，也是外國觀光客來首爾旅遊必去的熱門景點。

鄰近鐘路三街站的布帳馬車街，平日晚上是附近上班族下班**회식**〔hwe-sik；聚餐〕、小酌的首選。到了週末晚上，布帳馬車街幾乎是一位難求。韓國人通常一坐下來至少會坐到兩小時以上，所以建議大家看到空位就趕快去坐。稍微猶豫很容易就沒位子了。

除此之外，鐘路三街也是韓國同志朋友們常去的地區。附近除了有很多同志酒吧之外，鐘路三街的布帳馬車老闆們對同志朋友也相當友善，因此這裡才會成為韓國同志圈聖地。雖然這一帶算是老街區，但因位於市中心，附近又有這麼多觀光景點，使鍾路三街至今仍熱鬧不已。大家來韓國旅遊時，不妨安排一趟以鍾路三街為中心的旅遊行程。既可體驗在地傳統文化，又可品嘗美食，何樂而不為呢？

下酒菜
(안주)

086.mp3

산낙지
[san-nak-jji]
生章魚（長腕小章魚）

해삼
[hae-sam]
海參

멍게
[meong-ge]
海鞘

스팸
[seu-paem]
火腿

소라
[so-ra]
海螺

해물전
[hae-mul-jeon]
海鮮煎餅

김치전
[gim-chi-jeon]
辛奇煎餅

감자전
[gam-ja-jeon]
馬鈴薯煎餅

제육볶음
[jey-uk-ppo-kkeum]
辣炒豬肉

쭈꾸미볶음
[jju-kku-mi-bo-kkeum]
辣炒小章魚

下酒菜
(안주)

꽁치찌개
[kkong-chi-jji-gae]

秋刀魚燉湯

곱창
[gop-chang]

牛小腸

오징어볶음
[o-jing-eo-bo-kkeum]

炒魷魚

오징어무침
[o-jing-eo-mu-chim]

涼拌魷魚

고등어
[go-deung-eo]

鯖魚

전어구이
[jeo-neo-gu-i]

烤油魚

번데기탕
[beon-de-gi-tang]

蠶蛹湯

오뎅탕
[o-deng-tang]

魚板湯

조개탕
[jo-gae-tang]

蛤蜊湯

오돌뼈
[o-dol-ppyeo]

豬肋軟骨

계란탕
[gye-ran-tang]

雞蛋湯

닭발
[dak-ppal]

雞爪

똥집
[ttong-jip]

雞胗

순대볶음
[sun-dae-bo-kkeum]

炒血腸

下酒菜（안주）

계란말이
[gye-ran-ma-ri]

蛋捲

닭꼬치
[dak-kko-chi]

雞肉串

염통
[yeom-tong]

雞心

껍데기
[kkeop-tte-gi]

豬皮

쭈꾸미
[jju-kku-mi]

小章魚

오징어숙회
[o-jing-eo-su-kwe]

川燙魷魚

굴
[gul]

牡蠣

조기
[jo-gi]

黃魚

꼼장어
[kkom-jang-eo]

盲鰻

소라무침
[so-ra-mu-chim]

涼拌海螺

實戰對話

준호：저녁에 같이 한 잔 할래？[jeo-nyeo-ge ga-chi han jan hal-rae]

俊昊：晚上一起喝一杯怎樣？

민수：콜！난 오늘 칼퇴할 수 있는 것 같아. 어디서 만나？

[kol! nan o-neul kal-twe-hal ssu in-neun geot ga-ta. eo-di-seo man-na]

珉秀：好啊！我今天應該可以準時下班。要約在哪裡？

준호：종로3가쪽에 있는 포장마차 어때？

[jong-no-sam-ga-jjo-ge in-neun po-jang-ma-cha eo-ttae]

俊昊：鍾路三街那邊的布帳馬車如何？

민수：종로3가쪽은 사람 많잖아！자리 있을까？심지어 오늘 딱 불금인데…

[jong-no-sam-ga-jjo-geun sa-ram man-cha-na! ja-ri i-sseul-kka? sim-ji-eo o-neul ttak bul-geu-min-de]

珉秀：鍾路三街那邊人很多！會有位子嗎？更何況今天又是禮拜五。

준호：우리 2명뿐이야！걱정하지 마！

[u-ri du-myeong-ppu-ni-ya! geok-jjeong-ha-ji ma]

俊昊：我們才兩個人而已！不用擔心啦！

민수：넌 오늘 운전해？

[neon o-neul un-jeo-nae]

珉秀：你今天有開車嗎？

준호：아니야！난 요즘에 출퇴근할 때 지하철을 타고 다녀. 그럼 우리 6번 출구에서 만나자！

[a-ni-ya! nan yo-jeu-me chul-twe-geu-nal ttae ji-ha-cheo-reul ta-go da-nyeo. geu-reom u-ri yuk-ppeon-chul-gu-e-seo man-na-ja]

俊昊：沒有啊！我最近上下班都搭地鐵。那麼我們約 6 號出口碰面吧！

민수：출구 안에서？아니면 밖에서？

[chul-gu a-ne-seo? a-ni-myeon ba-kke-seo]

珉秀：站內？還是站外？

준호：밖에서 만나자！더 쉽게 찾아.

[ba-kke-seo man-na-ja! deo swip-kke cha-ja]

俊昊：站外見吧！比較好找人。

민수：응！이따가 봐！[eung! i-tta-ga bwa]

珉秀：嗯！晚點見！

저녁 종로3가 6번 출구 [jeo-nyeok jong-no-sam-ga yuk-ppeon chul-gu]

傍晚鐘路三街 6 號出口

준호：운이 좋다！ 자리가 남아 있네. [u-ni jo-ta! ja-ri-ga na-ma in-ne]

俊昊：真幸運！剛好有位子呢。

민수：우리 오랜만에 만났는데 맛있는 것을 많이 시키자.

[u-ri o-raen-ma-ne man-nan-neun-de ma-sin-neun geo-seul ma-ni si-ki-ja]

珉秀：我們好久沒見了，多點些好吃的吧。

준호：넌 뭐 먹고 싶어？ [neon mweo meok-kko si-peo]

俊昊：你想吃什麼？

민수：난 소라무침이랑 곱창을 먹고 싶어, 넌 뭐 먹을래？

[nan so-ra-mu-chi-mi-rang gop-chang-eul meok-kko si-peo, neon mweo moe-geul-rae]

珉秀：我想吃涼拌海螺跟牛小腸，你想吃什麼？

준호：사장님, 소라무침, 곱창, 오징어무침, 순대볶음, 닭꼬치 그리고 진로 3병 주세요.

[sa-jang-nim, so-ra-mu-chim, gop-chang, o-jing-eo-mu-chim, sun-dae-bok-keum, dak-kko-chi geu-ri-go jil-ro se-byeong ju-se-yo]

俊昊：老闆，這裡要涼拌海螺、牛小腸、涼拌魷魚、炒血腸、雞肉串和三瓶真露。

사장님：넵. [nep]

老闆：好。

준호：오돌뼈도 주세요. [o-dol-ppyeo-do ju-se-yo]

俊昊：再加個豬肋軟骨。

사장님：넵. [nep]

老闆：好。

준호：사장님, 껍데기도 있어요？ [sa-jang-nim, kkeop-tte-gi-do i-sseo-yo]

俊昊：老闆，豬皮有嗎？

사장님：있죠. [it-jjyo]

老闆：當然有。

준호：그럼 껍데기까지 주세요. [geu-reom kkeop-tte-gi-kka-ji ju-se-yo]

俊昊：那麼請連豬皮一起給吧。

사장님：알겠습니다. [al-get-sseum-ni-da]

老闆：知道了。

민수：넌 한번에 주문하면 안돼？사장님이 이렇게 바쁜데…

[neon han-beo-ne ju-mu-na-myeon an-dwae? sa-jang-ni-mi i-reo-ke ba-ppeun-de]

珉秀：你不能一次點完嗎？老闆那麼忙……

준호：다 주문했어！이 정도면 배 터지게 먹겠네.

[da ju-mu-nae-sseo! i jeong-do-meyon bae teo-ji-ge meok-kken-ne]

俊昊：都點好了啦！這些夠我們吃到撐破肚皮了。

來練習點餐吧！

小知識

1. 오징어제육볶음 [o-jing-eo-je-yuk-ppo-kkeum] 炒魷魚豬肉

韓國通常不會配白飯一起吃，而是把它當作下酒菜配酒。

2. 오징어튀김 [o-jing-eo-twi-gim] 現炸魷魚條

韓國的炸物通常麵衣比較薄。

3. 계란빵 [gye-ran-bbang] 雞蛋糕

韓式雞蛋糕是真真實實地將雞蛋放在蛋糕上。

4. 호떡 [ho-tteok] 糖餅

在吃現做糖餅時一定要非常小心，不要燙到自己，因為一不小心內餡就會滴在身上。

5. 계란빵 및 호떡 [gye-ran-bbang mit ho-tteok] 雞蛋糕及糖餅

台式雞蛋糕通常是用紙袋裝，韓式雞蛋糕則是用紙杯裝。

6. 포장마차거리 [po-jang-ma-cha-geo-ri] 布帳馬車街

通常布帳馬車都不太會明示價格，往往結帳時都會被金額嚇到

＼주의！／

韓國當地人才知道的事 TOP3

- 布帳馬車不是個 CP 值高的選擇。
- 下雨天布帳馬車生意依然很好。
- 韓國人去布帳馬車吃的是氣氛。

퇴근 후 포장마차에

가서 한잔 할래？

소주

當地人推薦的 美味店家

鐘路三街布帳馬車（종로3가 포장마차）

韓文地址：서울 종로구 종로3가

英文地址：Jongno 3-ga, Jongno-gu, Seoul, Republic of Korea

營業時間：每日晚上至凌晨

鄰近的公車或地鐵站：地鐵一號線、三號線、五號線鐘路三街站 6 號出口（종로3가 6번 출구）

종로 3 가 포장마차
처음인가요？

PART 3-16
炸雞
치킨

炸雞
치킨

088.mp3

聊聊美食的五四三

現在在台灣已經可以輕鬆吃到像是**처갓집**〔cheo-ga-jjip；起家雞〕、**네네치킨**〔ne-ne-chi-kin；NENE CHICKEN〕、**BBQ치킨**〔bi-bi-kyu-chi-kin；BBQ CHICKEN〕等韓國知名品牌炸雞，而且**교촌치킨**〔gyo-chon-chi-kin；橋村炸雞〕也已正式進駐台灣炸雞市場。但即便如此，**치킨**〔chi-kin；炸雞〕依然是大家每趟韓國旅行必吃的美食之一。除了上述韓國知名炸雞品牌之外，更有不少韓國人親自來台灣創立個人炸雞品牌。儘管是韓國人親自現做現炸，但在台灣吃韓式炸雞時總是覺得少一味，大家是不是也有相同的感覺呢？在韓國當地吃的炸雞就是特別道地、特別美味！

究竟韓國人到底有多麼熱愛炸雞呢？在韓國，不分男女老少，沒有人不愛吃炸雞的！甚至不分時間及場所，想吃就吃！以上班族為例，韓國公司下午茶時間甚至可以叫外送在辦公室吃炸雞，下班後的公司聚餐總會有一攤選擇在炸雞店。或是下班沒事回到家叫**배달**〔bae-dal；外送〕，也是點炸雞配**맥주**〔maek-jju；啤酒〕，紓解一整天工作的疲勞。

韓國人除了在家享用炸雞之外，在戶外也會想吃炸雞。每到賞櫻季節總是有許多民眾在櫻花樹下享用炸雞。除此之外，**한강공원**〔han-gang-gong-won；漢江公園〕更是適合炸雞野餐的絕佳地點。在漢江公園坐著大口吃炸雞，這時再搭配一罐冰冰涼涼的啤酒，簡直是人生的一大享受！

推薦！PURADAK（푸라닭）

089.mp3

這次要給大家介紹近年來非常受到韓國人喜愛的炸雞品牌，它是 PURADAK 炸雞。PURADAK 分別是由 PURA（순수한）和 DAK（닭）這兩個字組成。PURA 是純真的意思，DAK 則是雞的意思。

PURADAK 炸雞不僅與 PRADA 國際名牌的發音很像，其實 PURADAK 炸雞也有著炸雞界 PRADA 的稱號。品牌整體以黑色為主軸概念，炸雞包裝採用黑色盒裝及黑色不織布袋設計，甚至連炸雞都是黑色的。不僅如此，PURADAK 炸雞還正式推出自己的專屬 APP，透過 APP 即可輕鬆完成下單程序。

菜單
(메뉴)

090.mp3

신메뉴

푸라닭만의 스타일로 탄생한 새로운 치킨 요리

바질페스타
19,900원

순살 바질페스타
22,900원

바질페스타 윙콤보
22,900원

콘소메이징
[PURA's pick]
18,900원
대표

순살 콘소메이징
21,900원

콘소메이징 윙콤보
21,900원

치킨

블랙마요
[반반] (뼈)블랙알리오(1/2마리) + (뼈)고추마요 치킨(1/2마리) / 고추마요소스, 치자치킨무, 코...
20,900원
대표

블랙투움바
[반반] (뼈)블랙알리오(1/2마리) + (뼈)투움바 치킨(1/2마리) /고추마요소스, 치자치킨무, 코카...
21,900원

블랙악마
[반반] (뼈)블랙알리오(1/2마리) + (뼈)악마 치킨(1/2마리) / 고추마요소스, 치자치킨무, 코카콜라
20,900원

푸라닭 치킨
16,900원
대표

달콤양념 치킨
18,900원

고추마요 치킨
18,900원
대표

블랙알리오
[PURA's pick]
18,900원
대표

매드갈릭 치킨
18,900원

악마 치킨
18,900원

파불로 치킨
18,900원

투움바 치킨
19,900원

제너럴 핫 치킨
18,900원

바질페스타
[ba-jil-pe-seu-ta]

羅勒醬炸雞

순살 바질페스타
[sun-sal ba-jil-pe-seu-ta]

無骨羅勒醬炸雞

바질페스타 윙콤보
[ba-jil-pe-seu-ta wing-kom-bo]

羅勒醬炸雞雞翅套餐

콘소메이징
[kon-so-me-i-jing]

烤玉米起司炸雞

순살 콘소메이징
[sun-sal kon-so-me-i-jing]

無骨烤玉米起司炸雞

콘소메이징 윙콤보
[kon-so-me-i-jing wing-kom-bo]

烤玉米起司炸雞雞翅套餐

菜單
(메뉴)

블랙마요
[beul-raeng-ma-yo]
黑蒜美乃滋半半炸雞

블랙알리오
[beul-raek-al-ri-o]
黑蒜香炸雞

블랙투움바
[beul-raek-tu-um-ba]
黑蒜辣味奶油年糕半半炸雞

매드갈릭 치킨
[mae-deu-gal-rik chi-kin]
蒜味炸雞

블랙악마
[beul-raek-ang-ma]
黑蒜惡魔半半炸雞

악마 치킨
[ang-ma chi-kin]
惡魔炸雞

푸라닭 치킨
[pu-ra-dak chi-kin]
招牌炸雞

파불로 치킨
[pa-bul-ro chi-kin]
青蔥烤雞

달콤양념 치킨
[dal-kom-nyang-nyeom chi-kin]
甜釀炸雞

투움바 치킨
[tu-um-ba chi-kin]
辣味奶油年糕炸雞

고추마요 치킨
[go-chu-ma-yo chi-kin]
辣椒美乃滋炸雞

제너럴 핫 치킨
[je-neo-reol hat chi-kin]
一般辣味炸雞

外送 APP 使用簡易教學 - 배달의 민족

1. 下載 APP 並加入會員後的主頁。

2. 輸入푸라닭後，立即顯示最近的分店。

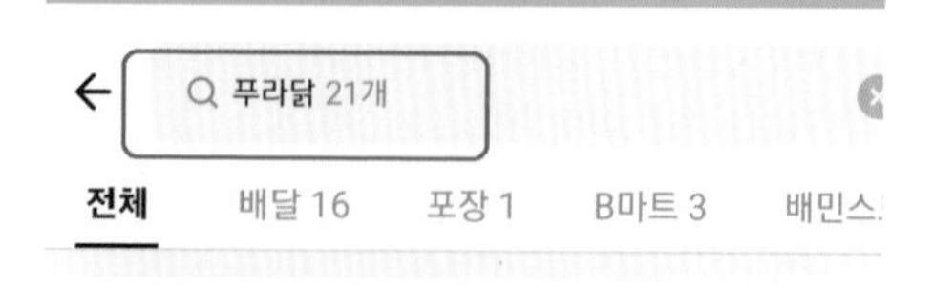

배달

푸라닭 독산점
★ **4.9**(100+) 푸라닭 치킨, 푸라닭에 반하다
최소주문 15,900원, 배달팁 0원~2,500원
58~73분 포장가능 위생인증

푸라닭 독산점
★ **5.0**(30+) 푸라닭 치킨, 푸라닭에 반하다
최소주문 16,900원, 배달팁 4,400원~4,500원
배민1 29~39분 위생인증

3. PURADAK 炸雞禿山店的相關資訊。

식약처 인증 가게

푸라닭 독산점

☆☆☆☆☆ 4.9

최근리뷰 366 | 최근사장님댓글 228

식약처 위생인증 세스코 멤버스

전화 ♡ 224 공유 함께주문

배달주문 포장/방문주문

최소주문금액	15,900원
결제방법	바로결제, 만나서결제
배달시간	58~73분 소요 예상
배달팁	0원 ~ 2,500원 자세히

4. 將想點的炸雞放入購物車。

푸라닭 치킨

오븐에 조리 후 후라이드하여 속은 촉촉하고 겉은 바삭한 푸라닭 오븐 후라이드 메뉴. 건강과 맛까지 생각한 오리지널 메뉴

영양성분 및 알레르기성분 표시 보기

가격	16,900원

콘소메 사이드메뉴 (최대 4개)

콘소메 치즈볼	+5,900원
콘소메 레귤러컷	+6,900원
콘소메 빅치즈스틱	+4,000원
콘소메 빅치즈스틱 2개	+7,000원

배달최소주문금액
15,900원

16,900원 담기

5. 再次確認購物車內容

장바구니

푸라닭 독산점

푸라닭 치킨 ×

• 가격 : 16,900원
16,900원

옵션변경 1 +

+ 더 담으러 가기

함께 먹으면 좋아요

배달생맥주 1,000cc
7,000원
+
블랙알리오
18,900원~

배달 ⌄ 로 받을게요

총 주문금액	16,900원
배달팁 자세히	2,500원

1 배달 주문하기 19,400원

6. 確認地址及其他事項。

주문하기

배달로 받을게요 58~73분 후 도착

회사

변경

안심번호 사용 자세히

내 주문횟수를 가게에 제공합니다. (최근 6개월)

요청사항

일회용 수저, 포크 안 주셔도 돼요

김치, 단무지는 안 주셔도 돼요

이 외 반찬도 안 받고 싶다면, 요청사항에 적어주세요

가게 사장님께

예) 견과류 빼주세요, 덜 맵게 해주세요

다음에도 사용

라이더님께

직접 입력

3층 문 앞. 도착 시 문자 부탁 드려요!!

이 주소에 다음에도 사용 자세히

7. 確認結帳方式及優惠券。

小知識

1.炸雞

通常台式炸雞的雞腿和腿排都會很大一塊，韓式炸雞則是比較小塊，相對方便食用。韓式炸雞的麵衣也會比較薄。

2.沾醬料吃更好吃

大多數的韓式炸雞通常不會額外提供醬料，除非有另外加點。但 PURADAK 炸雞會額外免費提供醬料。

3.招牌起司球

PURADAK 炸雞的起司球有別於其他品牌，儘管外觀顏色是黑色的，但內餡的起司可是滿滿的。

4.吃炸雞一定要搭配冰涼啤酒

吃炸雞配啤酒已是種習慣，韓國的啤酒種類相當多，大家可以依個人喜好選擇啤酒品牌，而 TERRA 啤酒是廣受年輕人喜愛的品牌之一。

看餐點學個單字

091.mp3

★PURADAK 炸雞

❶ 푸라닭 치킨 [pu-ra-dak chi-kin] 招牌炸雞
❷ 블랙마요 [beul-raeng-ma-yo] 黑蒜美乃滋半半炸雞
❸ 블랙치즈볼 [beul-raek-chi-jeu-bol] 黑起司球

★使用黑色防塵袋包裝

❶ 더스트백 [do-seu-teu-baek] 防塵袋
❷ 끈 [kkeun] 繩子

★醃蘿蔔和炸雞醬料

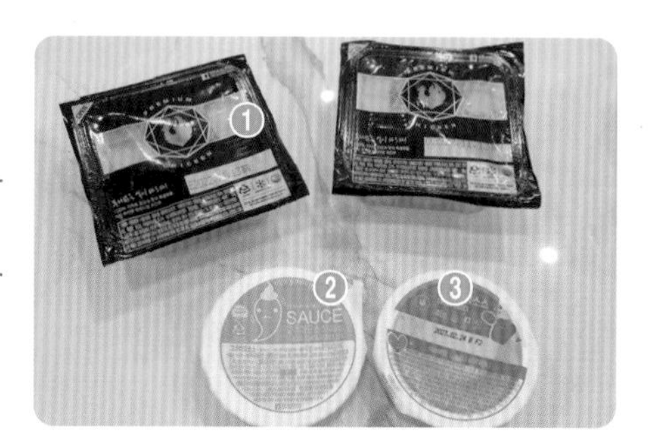

❶ 치킨무 [chi-kin-mu] 炸雞醃蘿蔔
❷ 고추마요소스 [go-chu-ma-yo-so-sseu] 辣椒美乃滋醬
❸ 달콤양념소스 [dal-komn-yang-nyeom-sso-sseu] 韓式甜辣醬

＼ 주의！／

韓國當地人才知道的事 TOP3

- 加購必點超夯品項블랙크로칸슈〔beul-raek-keu-ro-kan-syu；巧克力棒棒泡芙〕。
- 有別於其他炸雞店，PURADAK 會附一小罐洋芋片。
- PURADAK 已正式推出專屬 APP。

當地人推薦的 美味店家

PURADAK 禿山店（푸라닭 독산점）

韓文地址：서울 금천구 시흥대로 315 102호

英文地址：No102, 315, Siheung-daero, Geumcheon-gu, Seoul, Republic of Korea

營業時間：每日上午 10 點至凌晨 1 點

預約電話：02-804-9206

鄰近的公車或地鐵站：地鐵一號線衿川區廳站 1 號出口（금천구청역 1번 출구）徒步約 721m

*其他更多分店資訊，請掃描 QR Code 連結至 PURADAK 官網。

PURADAK

HBAF
Tom's Farm 1982
허니버터아몬드&프렌즈
Family Pack
와사비 김
김치매운맛 김
HBAF
허니버터아몬드&프렌즈
Choco Pack
허니레몬아몬드
HONEY LEMON ALMOND
32봉
HONEY BUTTER
STRAWBERRY ALMOND
새콤달콤딸기 아몬드
샤인머스캣 아몬드
마라맛아몬드
블루베리
아몬
MACA
Chocolate

PART 3-17

零食與酒類

간식 및 주류

零食與酒類

간식 및 주류

092.mp3

聊聊美食的五四三

大家來韓國旅遊除了要吃遍韓國道地美食，回國前當然不能忘記準備韓國**기념품**〔gi-nyeom-pum；伴手禮〕。通常大家的韓國伴手禮首選會是**간식**〔gan-sik；零食〕，大家可以在**편의점**〔pyeo-ni-jeom；便利商店〕、**슈퍼마켓**〔syu-peo-ma-ket；超市〕或**대형마트**〔dae-hyeong-ma-teu；大型賣場〕內選購各式各樣的韓國零食。像是**과자**〔gwa-ja；餅乾〕、**젤리**〔jel-ri；軟糖〕、**견과**〔gyeon-gwa；堅果〕、**빼빼로**〔ppae-ppae-ro；巧克力棒〕、**초코파이**〔cho-ko-pa-i；巧克力派〕等。雖然在韓國的便利商店即可輕易購買到韓國零食，但由於零食選擇不多、單價偏高，並不太推薦大家在便利商店內選購。建議大家可以挪出一些時間去韓國的大型賣場逛一趟，不僅零食選擇超多樣化，價格相對也便宜許多。

除了可以選擇韓國零食當作伴手禮，不少遊客也會將韓國**술**〔sul；酒〕當作伴手禮。雖然台灣的超市已經可以購買到韓國的**맥주**〔maek-jju；啤酒〕、**소주**〔so-ju；燒酒〕及**막걸리**〔mak-kkeol-ri；馬格利酒〕，但種類仍無法與韓國當地相比，因此不少人會將台灣超市尚未販售的韓國酒買回去當作伴手禮，喜歡喝酒的朋友們肯定會愛不釋手。

推薦！Homeplus（홈플러스）

093.mp3

韓國大型賣場的龍頭分別是**홈플러스**〔hom-peul-reo-sseu；Homeplus〕、**이마트**〔i-ma-teu；Emart〕及**롯데마트**〔rot-tte-ma-teu；樂天超市〕。三家大型賣場都差不多，這邊就只挑其中一間跟大家介紹。獨棟的 Homeplus 建築外觀有一個特色，就是建築物高處會有一個時鐘，大家在遠處即可看見 Homeplus 的位置。

依韓國**유통산업발전법**〔yu-tong-sa-neop-ppal-jjeon-ppeop；流通產業發展法〕規定，韓國大型賣場不得全年無休。這是韓國政府為保障中小型企業如自營店家、社區超市不被財團大型賣場逼得無法生存而制定的法規，強制大賣場將每個月第二及第四週的星期日定為**의무공휴일**〔ui-mu-gong-hyu-il；義務公休日〕。這邊要提醒大家，前往大賣場前請務必先確認當天是否為義務公休日再出發，免得白跑一趟，大老遠跑過去結果店沒有開。

韓國政府因施行環保政策，強制規定大型賣場僅能提供紙箱供民眾裝箱，且不得提供封箱用膠帶供民眾使用。此外，韓國的退稅服務越做越便利，如今就連大型賣場都可於結帳時出示護照直接退稅。旅客們無須再拿著退稅單到機場辦理退稅手續，不僅節省觀光客的時間，還可節省機場人力，更可促進觀光消費。

094.mp3

餅乾類

과자
[gwa-ja]

餅乾

스윙칩
[seu-wing-chip]

波浪洋芋片

꼬북칩
[kko-buk-chip]

烏龜洋芋片

예감
[ye-gam]

預感洋芋片

허니버터칩
[heo-ni-beo-teo-chip]

蜂蜜奶油洋芋片

새우깡
[sae-u-kkang]

蝦味鮮

零食與酒類
(간식 및 주류)

고래밥
[go-rae-bap]
鯨魚造型餅乾

홈런볼
[hom-neon-bol]
全壘打小泡芙

닭다리
[dak-tta-ri]
雞腿造型餅乾

꼬깔콘
[kko-kkal-kon]
金牛角玉米餅乾

양파링
[yang-pa-ring]
洋蔥圈餅乾

其他零食類

젤리
[jel-ri]
軟糖

견과
[gyeon-gwa]
堅果

땅콩
[ttang-kong]
花生

빼빼로
[ppae-ppae-ro]
巧克力棒

초코파이
[cho-ko-pa-i]
巧克力派

카스타드
[ka-seu-ta-deu]
蛋黃派

꿀꽈배기
[kkul-kkwa-bae-gi]
蜂蜜麻花捲

零食與酒類
(간식 및 주류)

燒酒類

소주
[so-ju]
燒酒

진로
[jil-ro]
真露

진로 제로슈거
[jil-ro je-ro-syu-geo]
無糖真露

일품진로
[il-pum-jil-ro]
一品真露燒酒

처음처럼
[cheo-eum-cheo-reom]
初飲初樂燒酒

참이슬 후레쉬
[cham-ni-seul hu-re-swi]
真露 Fresh 燒酒

좋은데이

[jo-eun-de-i]

好日子燒酒

청하

[cheong-ha]

清河燒酒

한라산

[hal-ra-san]

漢拏山燒酒

啤酒類

맥주

[maek-jju]

啤酒

생맥주

[saeng-maek-jju]

生啤酒

카스

[ka-sseu]

Cass 啤酒

하이트

[ha-i-teu]

Hite 啤酒

테라

[te-ra]

Terra 啤酒

馬格利酒類

막걸리

[mak-kkeol-ri]

馬格利酒

장수 생막걸리

[jang-su saeng-mak-kkeol-ri]

長壽生馬格利酒

인생막걸리

[in-saeng-mak-kkeol-ri]

人生馬格利酒

서울 생 밀막걸리

[so-ul saeng mil-mak-kkeol-ri]

首爾生麥馬格利酒

참살이 꿀 막걸리

[cham-sa-ri kkul mak-kkeol-ri]

健康蜂蜜馬格利酒

느린마을 막걸리

[neu-rin-ma-eul mak-kkeol-ri]

慢村馬格利酒

實戰對話

095.mp3

시식 편 [si-sik pyeon] 試吃篇

직원：어서오세요 . 맛있는 고기만두 시식이 가능합니다.

[eo-seo-o-se-yo. ma-sin-neun go-gi-man-du si-si-gi ga-neung-ham-ni-da]

店員：歡迎光臨。可以試吃好吃的豬肉水餃。

고객：고기만두 하나 주세요. [go-gi-man-du ha-na ju-se-yo]

顧客：請給我一顆豬肉水餃。

직원：맛은 어떠세요？[ma-seun eo-tteo-se-yo]

店員；味道如何？

고객：맛있네요. [ma-sin-ne-yo]

顧客：好吃耶。

직원：고기만두 한 봉지 챙겨드릴까요？

[go-gi-man-du han bong-ji chaeng-gyeo-deu-ril-kka-yo]

店員：要給您拿一包豬肉水餃嗎？

고객：구매하고 싶은데 해외에 못 가져가서 어쩔 수 없네요.

[gu-mae-ha-go si-peun-de hae-we-e mot ga-jeo-ga-seo eo-jjeol ssu eom-ne-yo]

顧客：我是想買，但肉製品無法帶出境買不了。

직원：그럼 만두 하나 더 시식하세요.

[geu-reom man-du ha-na deo si-si-ka-se-yo]

店員：那再試吃一顆水餃吧。

고객：감사합니다. [gam-sa-ham-ni-da]

顧客：謝謝。

텍스프리 편 [tek-sseu-peu-ri pyeon] 免稅篇

고객：안녕하세요. 텍스프리 가능하세요？

[an-nyeong-ha-se-yo. tek-sseu-peu-ri ga-neung-ha-se-yo]

顧客：您好。請問可以退稅嗎？

직원：가능합니다. [ga-neung-ham-ni-da]

店員：可以。

고객：텍스프리 어떻게 하나요？
[tek-sseu-peu-ri eo-tteo-ke ha-na-yo]
顧客：要怎麼退稅？
직원：여권을 주시면 바로 세금 환급해 드릴게요.
[yeo-kkweo-neul ju-si-myeon ba-ro se-geum hwan-geu-pae deu-ril-kke-yo]
店員：提供護照的話，馬上替您退稅。
고객：감사합니다. [gam-sa-ham-ni-da]
顧客：謝謝。
직원：세금 환급은 처리했습니다. 조심히 가세요.
[se-geum hwan-geu-beun cheo-ri-haet-sseum-ni-da. jo-si-mi ga-se-yo]
店員：已經處理好退稅了。請慢走。

小知識

096.mp3

燒酒除了有유리병 [yu-ri-byeong；玻璃瓶] 及플라스틱병 [peul-ra-seu-tik-ppyeong；寶特瓶] 包裝外，真露原味燒酒還推出종이팩[jong-i-paek；鋁箔包]。

各大啤酒品牌為了促銷，通常買맥주 한 묶음 [maek-jju han mu-kkeum；一手啤酒] 會免費附一包泡麵。若一次買多手啤酒，就有機會拿到更多사은품 [sa-eun-pum；贈品]。

各大啤酒品牌會推出보온백 [bo-on-baek；保溫袋] 組合，購買多手啤酒，即可獲得保冷袋一只。

每逢설날 [seol-ral；春節]、추석 [chu-seok；中秋節] 前都會展示各式선물 세트 [seon-mul sse-teu ；禮盒] 供民眾自由選購。

結帳時可享有現場退稅服務，세금환급금액 [se-geum-hwan-geup-kkeu-maek ；退稅金額] 會從결제금액 [gyeol-jje-geu-maek；結帳金額] 內扣除。

提供各式尺寸종이박스 [jong-i-bak-sseu；紙箱] 供民眾裝箱使用，但已無提供封箱用테이프 [te-i-peu ；膠帶]。

提供半小時免費停車服務，非賣場顧客停車超過半小時，一天最高會收取三萬韓幣停車費。然而賣場顧客憑消費收據可折抵停車費，有消費的話基本上是不用額支外付停車費。

換句話說

097.mp3

① 맛있는 고기만두 시식이 가능합니다.
[ma-sin-neun go-gi-man-du si-si-gi ga-neung-ham-ni-da]
可以試吃好吃的豬肉水餃。

↳ 맛있는 호떡 시식이 가능합니다.
[ma-sin-neun ho-tteok si-si-gi ga-neung-ham-ni-da]
可以試吃好吃的糖餅。

↳ 맛있는 소세지 시식이 가능합니다.
[ma-sin-neun so-se-ji si-si-gi ga-neung-ham-ni-da]
可以試吃好吃的香腸。

② 맛은 어떠세요？ [ma-seun eo-tteo-se-yo] 味道如何？

↳ 맛은 괜찮아요？ [ma-seun gwaen-cha-na-yo] 味道還可以吧？

↳ 맛은 어때요？ [ma-seun eo-ttae-yo] 味道如何？

③ 텍스프리 가능하세요？ [tek-sseu-peu-ri ga-neung-ha-se-yo]
請問可以退稅嗎？

↳ 텍스프리 되나요？ [tek-sseu-peu-ri dwe-na-yo] 請問可以退稅嗎？

↳ 텍스프리 할 수 있어요？ [tek-sseu-peu-ri hal ssu i-sseo-yo]
請問可以退稅嗎？

④ 세금 환급은 처리했습니다.
[se-geum hwan-geu-beun cheo-ri-haet-sseum-ni-da]
已經處理好退稅了。

↳ 텍스프리는 처리했습니다. [tek-sseu-peu-ri-neun cheo-ri-haet-sseum-ni-da]
已經處理好退稅了。

↳ 텍스리편은 처리했습니다. [tek-sseu-ri-peo-neun cheo-ri-haet-sseum-ni-da]
已經處理好退稅了。

＼ 주의！／

韓國當地人才知道的事 TOP3

1. 每月第二週及第四週星期日固定公休。
2. 僅提供紙箱供民眾裝箱，已不再提供封箱膠帶。
3. 大型賣場皆已提供現場退稅服務。

當地人推薦的
美味店家

Homeplus 衿川店（홈플러스 금천점）

韓文地址：서울 금천구 시흥대로 391

英文地址：391, Siheung-daero, Geumcheon-gu, Seoul, Republic of Korea

營業時間：每日 10:00 - 24:00（每月第二週及第四週星期日公休）

鄰近的公車或地鐵站：地鐵一號線禿山站1號出口（독산역 1번 출구）徒步約 986 公尺

*其他更多分店資訊,請掃描 QR Code 連結至Homeplus官網：

台灣廣廈國際出版集團
Taiwan Mansion International Group

國家圖書館出版品預行編目（CIP）資料

正韓食在地點餐全圖解/三線拖男孩－潘慶溢著. -- 1版.
-- 新北市：語研學院出版社, 2024.01
面； 公分
ISBN 978-626-97565-8-2(平裝)
1.CST: 韓語 2.CST: 讀本

803.28 112015504

正韓食在地點餐全圖解

作　　者／三線拖男孩－潘慶溢
韓語校對／李慺多
審　　校／楊人從
編輯中心編輯長／伍峻宏
編輯／邱麗儒
封面設計／林珈伃・內頁排版／菩薩蠻數位文化有限公司
製版・印刷・裝訂／東豪・弼聖・秉成

行企研發中心總監／陳冠蒨
媒體公關組／陳柔芝
綜合業務組／何欣穎
線上學習中心總監／陳冠蒨
數位營運組／顏佑婷
企製開發組／江季珊、張哲剛

發 行 人／江媛珍
法 律 顧 問／第一國際法律事務所 余淑杏律師・北辰著作權事務所 蕭雄淋律師
出　　版／語研學院
發　　行／台灣廣廈有聲圖書有限公司
地址：新北市235中和區中山路二段359巷7號2樓
電話：（886）2-2225-5777・傳真：（886）2-2225-8052
讀者服務信箱／cs@booknews.com.tw

代理印務・全球總經銷／知遠文化事業有限公司
地址：新北市222深坑區北深路三段155巷25號5樓
電話：（886）2-2664-8800・傳真：（886）2-2664-8801
郵 政 劃 撥／劃撥帳號：18836722
劃撥戶名：知遠文化事業有限公司（※單次購書金額未達1000元，請另付70元郵資。）

■出版日期：2024年01月
■版次：1版
ISBN：978-626-97565-8-2